XIX

Spring Log Ⅱ

支倉凍砂
Isuna Hasekura

Illustration
文倉 十
Jyuu Ayakura

溫泉旅館「狼與辛香料亭」老闆娘
賢狼赫蘿

狼與花瓣香
「對喔，我想起來了。」
「這小瓶子是咱們以前旅行途中弄來的唄。
繆里之前不是在這裡發現它，
然後好奇心又發作，纏著咱問了半天嗎？」
說著，赫蘿扭動瓶栓。
記憶的封蓋就此開啟。
這個小瓶子，
是來自我與赫蘿所共度的第二年春天。

「咱偶爾也該換個角度想想吶。」

羅倫斯聳聳肩，赫蘿自嘲意味濃厚地笑。

「盯著同一隻羊太久，眼光變僵也是沒辦法的事。」

說完，赫蘿往羅倫斯懷裡鑽。

「我以後只要看同一隻狼就好，輕鬆多了。」

「敢看別的狼，看咱怎麼教訓汝。」

「那還用說嗎。」

溫泉旅館「狼與辛香料亭」老闆
羅倫斯

狼與辛香料的記憶
「這間旅館叫什麼名字呀？」
「嗯？嗯，沒錯，那個名字最好。」
與伴侶共譜的紀錄。難忘的回憶。
必須將它們全寫下來，擠滿每一個角落。
這一定會是一本幸福洋溢，既如春天亦如溫泉（Spring Log）的書。

Contents

狼與辛香料XIX

Spring Log II

WORLD MAP
凱森
多蘭平原
阿蒂夫
樂耶夫山
約伊茲
紐希拉
伊克
堂斯格
樂耶夫河
凱爾貝
斯威奈爾
雷斯可
托爾金
溫菲爾王國
雷諾斯
羅姆河
普羅亞尼國
特列歐
恩貝爾
卡梅爾森
拉姆特拉
崔尼國
波羅遐
留賓海根
帕茲歐
約連
斯拉烏德河
帕斯羅

地圖繪製／出光秀匡

狼與花瓣香

天天掃的房間角落都會積灰塵了，一擱就好幾年的倉庫沒有不髒的道理。羅倫斯進倉庫是為了找村裡活動臨時急需的石磨，但怎麼翻也找不著。

「奇怪了……我不可能丟掉，漢娜小姐也沒拿去用，應該是在這裡才對啊。」

羅倫斯挺直腰搔搔頭，暫時離開灰塵瀰漫的倉庫換口氣。

「找不到嗎？」

赫蘿坐在倉庫門前的殘株上，披著格子圖案的大披肩，亞麻色的頭髮編了條寬鬆的辮子。再穿條長裙靜靜坐著，活像個稚氣未脫的新嫁娘。

不過赫蘿可沒有外表那麼年輕，毛線裙底下還藏了條同樣顏色的獸尾。那不是禦寒用的皮草，真的是赫蘿的尾巴，而她的真實身分是高齡數百歲的狼之化身。

她在十多年前邂逅旅行商人羅倫斯，旅途最後，兩人在北方地區的溫泉鄉紐希拉結為夫妻。

「聞石頭的味道找……也不可能吧。」

赫蘿不愧是狼的化身，頭上有對三角形的大獸耳，嗅覺也和狗一樣靈，在山裡掉了東西也找得出來，可是石磨就難了。

「假如汝每晚都抱著石磨睡，或許是找得到唄。」

「要是我碰別的女人，可能就真的得那樣了。」

實在不難想像赫蘿喝酒欣賞羅倫斯受罪的模樣。

「大笨驢。要是汝敢偷吃，咱早就把汝大卸八塊了。」

赫蘿蜷著背拖腮，笑出一口白牙。

話雖這麼說，但羅倫斯覺得若真有那麼一天，她一定是悲傷大過憤怒。而見她掉淚，應遠比被她大卸八塊更難受。

「我會永誌於心。」

「汝那顆小小的心記得住就好嘍。」

赫蘿起身一蹦就到倉庫門口，向內探頭。

「堆得還真多。」

「我們的旅館都開十年了嘛，能堆的當然多。」

「嗯，的確。看著這些東西，會勾起好多回憶吶。」

除了斧頭、鋸子、鐵鎚等日常工具外，還有些客人的失物或寄放品，甚至破桌椅的零件。每項都替這十年增添了些許意義。

「這張網子……是繆里小時候給她當搖籃用的唄？」

赫蘿以指尖輕觸牆上布滿塵埃的網子，莞爾一笑。

其實也不算搖籃，只是因為繆里太好動，一放著不管就不知會幹出什麼好事，所以實在無暇照顧時就把她掛在裡頭。

女兒繆里不枉是赫蘿的骨肉，也有獸耳和獸尾。當時她那條毛茸茸的尾巴和身體一樣大，吊在那裡頭就像中了陷阱的狼崽子。

實在是流年似水啊。

「以前還能整個裝進這麼小的網子裡吶。」

「能健健康康長大真是太好了。」

會帶上一聲嘆息，是因為身高多了一倍，活潑程度卻成了四倍之多的緣故。

「嗯，對了。說不定是這樣。」

「嗯？」

「繆里那丫頭不是沒事就來倉庫裡逛嗎，說不定石磨是被她拿出去玩了。」

赫蘿表情一愣，對著我吃吃笑。

「很有可能喔。她有一陣子很迷做藥膏吶。」

到處找青草野菇用石頭磨碎捏成丸子，就夠她玩上一整天。當時也不曉得村裡颳了什麼風，小孩全都在瘋那個。

「搞不好玩膩了嫌整理麻煩，就在山裡挖個坑埋了。」

「……我去找人問問看好了。」

這次羅倫斯嘆口清晰的氣，手扶上門說：

「好了，鎖門嘍。」

回味無窮地在倉庫裡打轉的赫蘿聽見這話而回過頭來。

並在毫不戀棧地準備離開時，眼睛不自禁地停在某個角落。

「怎麼啦？」

「嗯……好像忽然想起些什麼……」

赫蘿這麼說著，手伸向擺放小型雜物的木架。幾乎每樣都滿是灰塵或黴斑，保存狀甚至糟到看不出外觀。她拿起其中一個撥一撥，用衣角擦乾淨。原來是個小玻璃瓶。

「啊，對喔。」

赫蘿一見到這瓶子就輕笑起來。

「咱看啊……要找到石磨可是難如登天嘍。」

「咦咦？」

羅倫斯原想問那是什麼意思，但也跟著注意到了。

且嘴角不自禁地上揚。當然，那是苦笑。

「對喔，我想起來了。」

「這小瓶子是咱們以前旅行途中弄來的唄。繆里之前不是在這裡發現它，然後好奇心又發作，纏著咱問了半天嗎？」

說著，赫蘿扭動瓶栓。

記憶的封蓋就此開啟。

這個小瓶子，是來自我與赫蘿所共度的第二年春天。

旅行商人好比候鳥，每年都要北達雪國，南至海藍藍的溫暖世界，東西南北到處跑。不受城鎮商人那樣的地盤或人際關係的束縛，說愜意是很愜意。唯一的難處就是很難有個可以長期照應的好夥伴，且去哪都會被當作外地人。喪命時，不是在正好經過的村落，就是在路邊不為人知地腐爛。雖然載著滿車貨物進村莊總會受當地居民歡迎，但他們絕不會當你是自己人。

自由與孤獨，總是難分的一對。

所以，只要能找到一個人填滿駕座的空位，排解夜間寂寞，犧牲一些自由也是天經地義。

「汝啊，怎麼向東走吶？」

問聲是來自背後。她三天前還都笑嘻嘻地坐在羅倫斯身旁，最近卻不怎麼高興。

而原因，他不是不曉得。

「我不是解釋過了嗎。」

羅倫斯手握韁繩，頭也不回地說。

在這個風裡仍有寒意，日照一天比一天強的初春之際，兩人在長滿長草的草原路上前進。從氣氛就感覺得出來，後邊貨台上的赫蘿正在生悶氣，尾巴多半也被怒氣吹脹了。嘆息，不是因為赫蘿的脾氣。

「我也很想往西走啊。都已經流浪三週了，如果有個地方能砸錢睡塞滿羊毛的床，葡萄酒喝個夠，然後睡到自然醒，一邊吃午餐一邊從窗口欣賞底下的熱鬧大街，那該有多好。」

可是在丁字路上，羅倫斯的馬車卻向東轉了。

因為羅倫斯是個旅行商人，而顧客在東邊。

「汝就只想著賺錢，那些重要的東西都要被汝丟光啦！」

「是啊是啊，我最愛的就是金幣。噢，黃澄澄的盧米歐尼金幣！」

羅倫斯刻意扯開喉嚨回話，背後跟著傳來赫蘿的低吼。

她應該也明白這是迫於無奈，但問題就出在讓她起了能找個城鎮歇腳的期待吧。

「不過，這次是關照了我好多年的修道院長特地求我，我怎麼能不去呢？說是有個可憐羔羊從小因為家裡問題被送進修道院，又突然被叫回去接領主寶座，求我行行好幫點忙照顧他耶。這個新手領主對俗世之事應該是一竅不通，正為分不清天南地北而直發愁，這可是接近權勢，立下大功的好時機啊！只要是商人都該去，不去的……不配作商人！」

雖然經過多次冒險，羅倫斯已承諾赫蘿不再接高風險的大生意，不過這可是低風險又有大甜頭的難得機會。

若只付出犧牲休息與路途遙遠的代價就能獲得一個領主好友，絕對是有利無弊。

赫蘿道理上應該可以接受，只是表情不太情願，但羅倫斯卻興奮得忘了適時收口。

「汝啊。」

赫蘿低聲說話，表示她真的發火了。要是不顧她的感受繼續趕路，恐怕會氣得睡覺時不把溫暖的尾巴放進被子裡給羅倫斯抱。

儘管已經入春，打野宿還是冷得很。

「好啦，我知道，知道知道。我會好好補償妳的啦。」

「……」

沒聽見答覆，讓羅倫斯嘆口氣補充：

「領主的府邸再往前走一段就到了。小歸小，但至少能……」

忽然間，脖子上的熱氣讓他說不下去。

赫蘿的獸耳能夠分辨人類的謊言。

要聽出羅倫斯話裡有幾分虛實，更是輕而易舉。

於是羅倫斯死了心，在後頸被咬之前轉頭說：

「好好好。我答應妳，要是到領主家卻吃了閉門羹，我們就到附近村子去花錢享受一晚。」就算沒有羊毛床絲綢被，好歹也有可以遮風避雨，床堆滿麥草稈的房間。然後吃點現宰的豬或雞，要是沒有，在這時節至少會有各類蔬菜菇蕈燉成的濃湯。現在位置也偏南到差不多種得出葡萄了，想喝個一、兩瓶葡萄酒應該不成問題。

「可以跟冷颼颼的麥粥和酸掉的啤酒說再見了。」

赫蘿仍垮著眼瞪了羅倫斯一會兒。

最後總算是嘆一口長長的氣，哼一聲說：

「在那之前，汝先去好好洗個澡！」

「咦！」

羅倫斯驚訝得不禁抓衣服起來聞，不過感覺沒什麼味道。接著他想到，說不定赫蘿這麼想找村落休息的原因就在這裡。

「若想在寒夜裡抱咱的尾巴取暖，好歹把身體洗乾淨再抱。害咱染上跳蚤虱子可就慘了。」

赫蘿對她毛茸茸的尾巴是呵護有加，無微不至。如同傭兵會以自己天天磨利的劍或千錘百鍊的肉體為傲，尾巴就是赫蘿的驕傲。

這些日子，她都死命耐著性子忍受身上隨時會長蟲的旅途，但總算是忍到了極限吧。

「……我哪有那麼臭……」

羅倫斯姑且為自己辯一聲。獨自旅行時根本不在乎的他，其實在有赫蘿相伴後頗為注重。

然而，臭不臭還是赫蘿說了算。

「是咱時時散發花香般的芬芳，汝才沒發現。」

赫蘿捂著鼻子這麼說。她身上的確總是有種清香，不過羅倫斯知道那是從何而來。

「那是妳保養尾巴用的油的味道吧。那可不便宜耶。」

赫蘿凶巴巴地瞪過來。

「大笨驢，咱本來就是這麼香！」

「……好好好。」

羅倫斯自知爭辯無用，便轉回前方抓好韁繩。雖然是油的香味，但那隨風而來的輕柔芬芳薰得鼻子很舒服，感覺還不壞。

不過，味道是不是變啦？

這麼想時，赫蘿也到處嗅一嗅，左右張望起來。

「嗯，突然有種甜味。有人在烤蛋糕嗎？」

「不，這應該是……」

說到一半，草原中間的路拐了個大彎，隨後見到的景象替他們解答了。

「喔喔～」

也難怪赫蘿大聲讚嘆。

「汝看，好壯觀呀！」

前方植被截然不同，一望無際的紫色地毯鋪滿了整個視野。

羅倫斯倒還好，馬車在花田間的路上走沒多久，鼻子靈的赫蘿就鼻塞了。

「可是……凡事真的都是過猶不及呢……」

濃郁的花香，也引來了大批蜜蜂。

兩人戰戰兢兢地穿越紫色花田，在發黑的破舊水車吱吱嘎嘎的轉動聲中渡過小溪後，終於到了要找的村莊。記得事先打聽到的村名是「哈第修」。

聯絡各戶的道路並不寬，能輕易看出這是個小村莊。據說村裡人過世時會有多少人來抬棺，路就會有多寬，不知是真是假。在人不需要站在路旁送最後一程的地方，車還會比路寬。

但最引人注意的，是房子的間距。

「村裡人感情不好嗎？」

邂逅羅倫斯之前，赫蘿曾棲身於帕斯羅村的麥田幾十年甚至幾百年的時光，對村莊的大小事

自然是熟知得很。

哈第修的每一戶人家，距離都遠到看不清門口鄰居的臉。

「不過路上倒是挺乾淨的。草除得很勤，土踏得很硬，雞也很多。」

倘若村人之間不和睦，很容易因為走失家畜家禽而引發糾紛，不會放養。

望著這薰風吹撫的村落，心裡找不到「閑靜」以外的詞。

「有他們的苦衷吧。那片草原那麼大卻沒什麼開墾，也很奇怪。」

有城牆的都市每每人口過剩，要是知道哪裡有肥沃土地無人開墾，肯定有不少人馬上扛著鋤頭衝過去。

「該不會這土地的主子是個壞人，逼得大家都逃走了唄？咱們是不是也該趕快跑呀？」

來都來了還開這種玩笑。

「雖不是完全不可能，但是聽院長說，新繼位的領主是個信仰十分虔誠的人，應該不會欺負人。」

「……嗯……」

然而聽見信仰虔誠，赫蘿卻拉長了臉。

「那樣的人，吃飯不都是只有炒豆配水嗎？在餐桌上每個都不說話，一臉家裡死人的樣子，怪陰森的……」

若能謹奉粗食、靜默的戒律，就是令人尊敬的修士。當然，那與赫蘿喜好享樂的墮落生活是水火不容。這也是她這幾天鬧脾氣的原因之一吧。

「與其去那種地方，不如就……汝看，那間怎麼樣。屋簷吊著洋蔥和鱒魚乾的那間。庭院裡有雞有豬，菜園裡都是黑土。」

赫蘿所指的屋子，有座鋪上大量麥稈，形似臥犬的屋頂，彷彿千年後也能維持現狀。的確，儘管多半只有刺刺的麥稈床能睡，餐點倒是可以期待。食材應該都是從田裡現採，酒也不怕不夠喝吧。

「不過修道院的修士不一定都是那麼不近人情，況且那是有領主血統的人待的修道院。就算位在偏僻小村，也不會只拿炒豆和洋蔥招待客人吧。」

再說，在領主府邸過夜也有其意義。能住一晚，就表示會有下一次。信用就是這樣累積起來的。

聽羅倫斯如此說明後，赫蘿一副嚼了苦根似的臉。

「聽說這個年輕領主，還是莫名其妙就被迫還俗。如果能交到這個朋友，有朝一日開店的時候一定能提供很多幫助。」

羅倫斯自知這樣計算得失的說法很市儈，但他當然沒有揩油的想法。

反而是想幫這個不知商品行情的新領主挑挑臭蟲，把試圖接近他以海削一筆的可疑商人一個不剩地全部趕跑。

「汝啊……別說了！」

赫蘿丟下這句話，在貨台縮成一團。

還以為她心情好多了。或許是連日寄旅讓她真的累，容易動怒。

可是在轉向修道院之前，一點也感覺不出她哪裡疲倦。她就這麼想去西方的城鎮嗎？感覺真奇妙。

在羅倫斯納悶時，赫蘿所指的人家正好走出了幾個人。

最前頭是個矮小的禿頭老翁，然後是幾個看似村民的男性，全都表情凝重地湊在一起說話。有的誇張地仰天驚嘆，也有人重重搖頭。

最後，他們全往屋裡頭看。

「赫蘿。」

我稍微轉頭喊她。雖然她縮在貨台上生悶氣，那對耳朵仍在注意他們的對話吧。赫蘿應該也知道，到了新地方卻發現當地居民遇上麻煩，得先弄清楚才行。

「哼~」

然而，赫蘿的回答就只是這麼一聲。當羅倫斯擔心她真的氣壞了而回頭時，聚在屋門前的村民也正好注意到他。

羅倫斯感到目光聚集在他身上而轉回去，果然見到所有人都看著他。

「大家好。」

於是取個適度距離停下馬車，先打聲招呼。

「這麼多人聚在一起，是談春季慶典的事嗎？」

並用「我是個沒發現任何異狀的傻蛋」的笑容和聲音這麼問。

村人們不知所措地互相使眼色，最後全往矮小老翁看。

「你是旅行商人吧？我們這的慶典在夏天呢。」

老翁隨即伴著爽朗笑容答話。看來他就是村長。

羅倫斯下馬後，幾個村民仔細端詳起馱馬的長相，並念念有詞地說：「真是匹好馬。」之類。

赫蘿縮在貨台上，似乎沒人發現她。

「是啊。往年我都是走比較北邊的商路，今年是接到請託才來的。」

「請託？」

「據說這裡有新的領主大人繼位，我一個老朋友要我替他打聲招呼。」

一聽見領主二字，村長背後的人們露出頗具深意的眼色。

可以想見，農忙時期卻有那麼多人大白天地聚在這裡，原因就出在領主上。

「喔喔，這麼說來，是領主大人待過的那間修道院找你來的？」

「對，是院長的請託。」

羅倫斯雖不知村民為何與領主對立，總之先裝作不知情，用傻笑強調自己只是辦完事就走。

「所以我想順便請教一下，領主府上往哪裡走？」

田園領主和住在城牆內的都市貴族不同，外地人不易看出其宅邸的位置。羅倫斯本來就想問路，所以就趁機問了。只見村長稍微往背後那群人撇個頭。

「那真是太巧了。」

隨著這句話，聚在屋門前的村民們迅速讓出了路。

「領主大人正好有事蒞臨寒舍，我去替你通報一聲。」

村長說完就穿過村民間進屋去了。

不久回來，後面跟了一個人。

「這就是那位商人。」

伸出一手介紹我的村長背後，是個人高馬大，肩寬胸厚的壯漢。直至胸前的膨大鬍鬚，給人野生牡羊般強而有力的感覺，上臂像腿那麼粗。服裝上有顯示權威的毛皮鑲邊，但怎麼看都是土匪頭。

當然，身材壯碩的修士並不少，長相蒼老的也大有人在。

可是他怎麼看都已經年逾五十，手指粗細和指甲形狀也透露出他是歷經長年辛勞的人。這樣的人哪裡是修道院長口中突然被召回老家，繼任領主職位的迷途羔羊啊？彷彿連轉動都有聲音的眼珠，從頭頂上澆注目光。

瞪得羅倫斯說不出話，只能發愣時，壯漢忽然向後轉，退到一旁。

「咦？」

因此從他背後現身的，是個紅髮全往後梳並紮成辮子，露出漂亮額頭的少女。

「您就是伊凡修道院派來的人嗎？」

她的亞麻布長袍幾乎沒有任何刺繡裝飾，樸素但織得很細緻。脖子上，懸著淚滴狀的琥珀墜鍊。

更決定性的是，她身旁的壯漢快撐破衣服似的屈身行禮。

這麼一來，答案已是不言而喻。不過事情來得太意外，讓羅倫斯的腦袋一時轉不過來。

「怎麼了嗎？」

被她一問，羅倫斯才終於回神，確定她就是領主。

一般而言，一家之主都是由長子繼任，沒有男性繼承人時才會有這樣的事發生。接著，羅倫斯這才發現自己和修道院交情太長，以致完全忘了一件重要的事。由於修道院不准俗人入內，他都是在門外交易，所以平常根本不會注意到，修道院全名中的真相——

聖伊希歐多斯兄弟會附屬伊凡「女子」修道院。

所謂因家中變故而送入修道院，在貴族間是為了預防遺產繼承權擴散，或無法支付嫁妝時擺脫女兒的常用手段。

也難怪院長會那麼擔心她突然回家，會在什麼都不懂的情況下遭人陷害。

同時，羅倫斯也明白赫蘿為何是在經過修道院之後心情丕變了。

「啊，沒事。不好意思。」

羅倫斯挺直背桿，從懷中取出修道院長的信。

「這是院長給您的信。」

伸手取信的少女，要稱作女孩也行。從準備取信的動作，就說明了她還不懂領主該有如何的行為舉止。

那隻說不定剝個豆莢就會發紅的柔弱小手，遭到彷彿能捏碎石頭的粗獷大手從旁制止。少女嚇了一跳，羅倫斯卻不為所動。畢竟他很清楚，身分高貴者不會直接拿取卑下陌生人的東西。

「謝、謝謝。」

從比起隨從更像家臣的壯漢手中接過信後，少女道了個分不清對象是羅倫斯還是壯漢的謝。

不過幸虧她在修道院待過，開封時毫不猶豫，信也讀得很快。或許是院長的話裡充滿暖意，她讀得笑顏逐開，具有很適合在陽光遍灑的庭院中翻閱聖經的稚氣。

也難怪即使像院長這樣，會對價格再三討價還價，成為城鎮商人拒絕往來戶，最後只好向利潤再薄也願意賺的旅行商人尋求補給的人，卻會這麼擔心她。

羅倫斯看著年幼領主美麗的額頭和褐色眼珠，心中暗吃一驚。

原來赫蘿在氣這個。

因為那裡是女子修道院，想也知道臨時召回老家的是個年輕女孩，而羅倫斯還捨我其誰地喜孜孜趕過去，赫蘿不生氣才怪呢。

等同完全沒注意到自己坐到了赫蘿的尾巴，腳還踩在上頭。

羅倫斯偷偷往貨台上裝成貨物的赫蘿瞥一眼。想到晚點會被怎麼修理，心情就開始萎靡。

「您是羅倫斯先生？」

這時，羅倫斯聽見領主喚他的名字而回神。

「是的。」

年輕女領主似乎是從信中得知他的名字。

「我名叫克拉福．羅倫斯，職業是旅行商人。受院長照顧已經很多年了。」

「這麼說來，修道院的麵包那麼好吃，就是因為有羅倫斯先生您的緣故嘍？」

親切的口吻，溫柔的笑容。也難怪壯漢會在一旁示威般眼也不眨地垂眼瞪人了。

她就是這麼一個剛離開修道院的純真少女。

「麵包好吃，是因為麵包師傅的手藝和神的祝福。」

羅倫斯謙虛的回答，使年輕領主嗤嗤輕笑。

「這倒是。信上說到您有個同行的夥伴，她人呢？」

看見領主的眼略帶不安地望向馬匹，讓羅倫斯有點想笑。

「請領主恕她失禮。長途旅行讓她不太舒服，所以正在貨台上歇著。」

「哎呀，她還好吧？」

領主驚訝地睜大眼睛，匆忙摺信。

「那我們就先回府裡去吧？」

她表情認真得讓撒謊圓場的羅倫斯都內疚起來。

「可是，您不是有事正在談嗎？」

聽羅倫斯這麼說，紅髮少女連忙看看周圍，笑容跟著染上哀戚。

「沒有……那暫時，告一段落了。」

羅倫斯眼角餘光中，幾個村人因此鬆一口氣似的放鬆肩膀。少女將摺起的信交給壯漢，說聲抱歉並來到旁觀的村長面前。

「關於這件事，請容我改日再談。」

「悉聽尊便。」

村長恭敬地鞠躬，顯得很疏遠。

年輕領主不知有無察覺，請羅倫斯同行後邁開雙腳，看似要徒步回家，或許是不耐騎馬吧。

羅倫斯也跳上駕座，抓起韁繩，跟隨領主與緊跟在她斜後方的壯漢。轉頭一看，村民個個唏噓地返回村長家，而村長目送他們一會兒後也進了門。

究竟是出了什麼事呢？

羅倫斯納悶地轉向前方，見到前行的少女正回頭看他。

「您很在意嗎？」

領主帶著尷尬笑容這麼說。

幾番遲疑後，羅倫斯鼓起勇氣問：

「院長要我多幫領主您一點忙。」

信上也有寫到才對。

受人稱作領主的少女抱持尷尬笑容停下腳步。

「不要叫我領主啦。」

「那請問，該怎麼稱呼您呢？」

一聽，少女「啊」地一聲掩嘴。

「真不好意思，我還沒自我介紹吧。」

清咳之後，少女按胸說道：

「我是艾瑪莉耶．朵勞修坦．哈第修，這裡的第七任領主。」

她還害臊地小聲補上一句：「我到現在還不太敢相信。」艾瑪莉耶當初會被送進修道院，就表示前任領主有過嫡子。如今前任領主與嫡子同時亡故，是遇上了某些不幸的意外嗎。

艾瑪莉耶顯得不怎麼難過，應該不是因為她生性堅強。實情多半單純只是才剛懂事就進了修道院，對他們沒有感情吧。

「那麼，稱您朵勞修坦大人如何？」

「在修道院，大家都叫我艾瑪莉耶。」

看來她不喜歡誇張的家名。

不過直呼領主名諱也是不妥。於是羅倫斯先看看壯漢的臉色，結果見到他沒轍的目光。看來這寡言的家臣和艾瑪莉耶之間也為這問題有過爭執。

「那麼，艾瑪莉耶大人。」

「加大人好拘謹喔……」

「艾瑪莉耶大人。」

壯漢終於開口了。可能是兩人之間已有過妥協，艾瑪莉耶看看壯漢後不太情願地點了頭。

「那好吧，以後就請您那樣稱呼我了。」

「遵命。」

羅倫斯恭敬行禮。

「言歸正傳，院長要我成為您在俗世的筆，有任何我能為您效勞的地方嗎？」

劍的部分，已經有那個壯漢了。

艾瑪莉耶重返歸途，不遮不掩地大聲嘆息。

「唉……說來真的很無奈。」

如此起頭後，在抵達領主府邸的這段路上，艾瑪莉耶以拐彎抹角又雜亂的方式，解釋這個其實很單純的問題給羅倫斯聽。

朵勞修坦家府邸比起所謂的豪宅，更接近大戶農家。

既然管的是小村落，可就不能徒冠領主頭銜，自己也得勤於農活才行。朵勞修坦家除了馬廄還有羊舍，蓄水池裡似乎養了魚，中庭裡有雞和豬到處吃草。打理這一切的，都是那壯漢吧。

府邸本身雖然樸素，但整理得很整齊，住起來應該很舒適。

若是建於小丘上的要塞或小城堡，反而領主的家人和家臣全都擠在一個小空間裡住，很不自在。生活愉快的領主，在整體中其實是少得可憐。

到了府邸，壯漢——名叫亞金的家臣隨即為兩人準備客房。

艾瑪莉耶他們都還沒用過午餐，所以請羅倫斯和赫蘿在準備期間進房稍作休息。

房間是個十足的田園小屋，直接建在土地上，梁柱裸露在外。不過同樣掃得很乾淨，床是以新麥稈鋪成。對於習慣堅硬馬車的身體而言，可說是十二分的享受。

「呼，可以稍微躺一下了。」

赫蘿到了府邸才終於現身，而那修女裝扮讓艾瑪莉耶相當驚喜。但知道她單純是為旅途方便才那樣穿之後，顯得很落寞。

她的心大概還在修道院裡吧。

另一方面，艾瑪莉耶在修道院培養的倫理觀使她對兩人共居一室不太放心。於是羅倫斯向她解釋，兩人等這段旅行結束後就要開店結婚。

明明是實話卻有說謊的感覺，是因為不太現實，也可能是來自期待赫蘿聽了這番話，心情能稍微好轉的緣故。

赫蘿一放下行李就撲向床上。

接著說：

「大笨驢。」

羅倫斯將行李塞進房中的木箱，轉向赫蘿。

「只要有雌性遇到麻煩，汝不管多遠都要去幫嗎？」

語氣不像損他濫好人，比較像罵他花心。

「呃，關於這個嘛……」

羅倫斯剛想解釋，赫蘿就把臉埋進枕頭嘆一口長長的氣，側眼往他一瞪。

「汝住口。」

命令來了，就只能閉嘴了。

見羅倫斯乖乖住口，赫蘿哀嘆得更大聲，沙沙搖動長袍下的尾巴。表情不像生氣，比較接近疲憊。

「唉……原本只是氣汝是個不懂體貼的傻瓜，結果居然是連這地方的王是雌性都沒發現的大笨驢。」

看來赫蘿早已看穿羅倫斯在艾瑪莉耶走出村長家時，才驚覺領主是女性。

「汝真是蠢得沒藥醫吶。」

「我真的一直以為領主是男人啊。」

一聽，赫蘿就往另一邊轉。

不過那不是拒絕接受，而是另一種情緒的表現。

羅倫斯拿她沒辦法，嘆口氣坐到赫蘿那張床的角落。

「我也完全沒發現妳是在氣那個。」

「……」

赫蘿眼睛沒看他，不過摘下兜帽的頭上，獸耳仍對著羅倫斯。賢狼的三角大耳朵，能分辨人話的真假。

耳朵晃了一會兒後，她才慢慢轉頭過來。

「哼，咱有什麼好生氣的？汝的膽子又沒大到敢背著咱偷吃，更別說汝的能耐根本沒大到會吸引其他雌性了。」

雖然那字面上是刻薄的話，羅倫斯卻聽得只能拚命憋笑。

看來赫蘿果真以為，羅倫斯急著趕來哈第修是為了幫助從女子修道院被召回家中的懵懂少女，才打翻了醋罈子。明明什麼也不會發生，居然在這種地方窮操心。

結果，這個羅倫斯連領主是女性都沒想到。

白氣一場之後還這麼說。

教羅倫斯怎能不疼愛她呢。

羅倫斯手伸向赫蘿的頭，梳過她亞麻色的柔軟髮絲。

「就是說啊。」

願意陪伴他的，只有心胸寬大的賢狼大人一個。

即使再怎麼明顯、再怎麼故意，維持這樣的角色關係還是很重要。

「不過，看我帥氣拯救有困難的女孩子，其實也不錯吧？」

頭被摸得耳朵動來動去的赫蘿，閉著眼睛笑了幾聲。

「……大笨驢。」

儘管對繞遠路頗有微詞卻沒有強硬反對，原因就出在這裡吧。

濫好人的部分，羅倫斯認為赫蘿其實也半斤八兩，也覺得只要自己幫了人，赫蘿也會為他驕傲。

換個放肆的說法，就是他相信赫蘿特別愛這樣的他。

感覺上，若真的說出來，赫蘿一定會先不屑地哼笑一聲，把羅倫斯說得一無是處，可是最後還是對他寄予期待的眼光吧。倘若最後大功告成，也一定會稱讚兩句。

赫蘿刻意搖出聲音的尾巴，漸漸靜了下來。

接著是一段沉默。

羅倫斯彎下腰，想吻赫蘿的臉頰，結果臉卻被她用雙手夾住了。

「洗完澡以後再來。」

然後用力推開。

「……有那麼臭嗎？」

羅倫斯聞聞衣服，仍聞不出來。

但既然公主下令了，也只有服從的分。

「再說，汝不是還有工作嗎？聽起來好像很麻煩，真的行嗎？可別在咱面前丟臉嘍？」

可見即使氣得在貨台上睡覺，話還是全進了她耳裡。

然而想歸想，不能真的說出來。不然她一生氣，晚上就沒尾巴能抱了。

「靠妳的能力，馬上就能解決了吧。」

赫蘿哼了一聲，抱起枕頭。

「咱又不是狗。」

羅倫斯聳聳肩，下床站起。

「不過就是找個石磨，不會太難啦。」

艾瑪莉耶在路上所解釋的問題，源自於修理村中水車，也就是錢的問題。

水車年久失修，找工匠來看過之後，要花上不少錢才修得好。原本狀況就糟，結果又遇上領主繼位的紛紛擾擾而遭到擱置，最後就完全壞了。水車基本上是當地權貴的財產，但朵勞修坦家沒有資金能修，水車又本來就是租給村民使用以賺取租金。於是艾瑪莉耶聽了亞金的建議後，想到一個當然至極的辦法——向村民徵收水車修理費。

想當然耳，並非所有村民都需要水車，此舉惹來大多數村民反彈。畢竟造新水車，只有田地

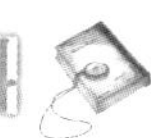

廣大和牲口眾多的人家受惠。

再來就屬沒有壯丁的人家，可以藉由花錢使用水車來節省勞力。朵勞修坦家自己更是因為會收取麥穀充當地租或稅金，水車不可或缺。

此外，水車使用費若在維修後仍有盈餘，並不會進入朵勞修坦家的金庫，而是用於修橋鋪路。因此村裡規定，村民磨麥時一定要使用水車。

然而現金對村民而言相當貴重，與其繳錢，不如盡可能不用水車。

所以從前任領主的任期中，開始有人偷藏石磨，以避免使用水車。

艾瑪莉耶就是為了糾正這項違規，直接到村長家談判。

「既然因為人們有了那個叫石磨的東西就不用水車，那麼沒收石磨感覺也挺合理……可是怎麼說吶，感覺有點……」

「太講規矩，不近人情吧。」

「和汝差多了吶。」

羅倫斯看赫蘿一眼，見到她歪著頭笑。

「咱是在誇汝個性柔軟。」

輕咬是赫蘿恢復好心情的象徵，羅倫斯聳聳肩虛心接受。

「那麼，汝會幫那個小丫頭唄？」

「當然啊，道理也在艾瑪莉耶那邊，只是……」

「只是啥？」

「妳也聽見了吧，水車幾乎每年都會失火。」

這是造成他們不懂艾瑪莉耶解釋的最大原因，也是村人們堅決反對購置新水車的要點。

「一時間真是難以置信吶。」

水車蓋在河邊，河裡有水在流，況且夜間連蠟燭也不會點，幾乎沒有失火的危險。

但他們遠遠見到水車時，的確見到了怪異的發黑部位。原來不是水黴，而是火熏出來的。

村中每棟屋舍都隔了一大段距離，原因或許就在這裡。

「想不到每到夏天，那片花田居然會被野火燒成整片火海……咱在以前那村子裡聽也沒聽過這種事。」

春天開花夏天結果的花草，具有含油量高這種令人頭痛的特性，容易因烈日照射而起火，最後在荒原中抽芽。當然，其他花草容易被這場火連根燒絕，一旦這種植物蔓延開了，沒幾年就會成為當地的霸主。

哈第修村的不幸，就是這樣的花偶然在附近某處生根、蔓延而開始的。

據艾瑪莉耶說，祖父的年代並沒有這樣的花，而且鄰近地區只限這一帶有。

「而雖然河水能夠阻絕火勢，接近的火舌還是會慢慢烘烤水車，加速劣化。以前房子被野火

燒掉時，又需要砍大量木材來重建，附近的森林就這樣慢慢變成草原了。」

「每家離這麼遠，就是為避免一次燒光而想出來的法子唄。」

村人不多，是因為供給建屋材料的森林已經砍伐殆盡，土地面積又有一半被那些紫色的花占據的緣故。

「要讓新水車長久維持，就必須在夏季來臨前傾全力剷光那些花，可是衝突到農忙時節，根本沒人願意幫忙。」

「所以沒有水車就不用操那個心嘍。」

不過想吃麵包就得磨麥粉，手工磨又太耗力耗時。綜觀而言，少了水車將降低村人生產力和稅收，使經濟狀況逐年衰退。水車可以節省大量時間，村民能耕種更多田地，買更多物資。從制高點來看，水車的確對村莊有益。

這道理是前任領主告訴亞金，亞金再傳給艾瑪莉耶。前任領主似乎是個足以擔負賢君美稱的人。

然而再怎麼苦口婆心地勸，有時對方就是不接受，最後事情就變成現在這局面了。

「亞金是可以強行沒收那些石磨，可是這樣會造成怨恨，他也想盡可能避免吧。於是艾瑪莉耶直接出面，請求村民主動交出石磨。」

「嗯。可是，如果讓汝去找出那些石磨交上去，結果還不是一樣嗎？」

赫蘿像是沒有多想就問了。

羅倫斯無奈上天安排般笑了笑，回答：

「不一樣。亞金和艾瑪莉耶還要住在這裡很多年，而我卻是個旅行商人。村裡的災難，都是旅人帶來的。我會假裝是我給艾瑪莉耶出的主意，擔起全村的怨恨。等我離開這村子，村民怨恨的對象也就消失了。艾瑪莉耶應該沒想到可以這麼做，而亞金可能已經想到可以這樣利用我，才給我們用這麼好的房間。」

漂泊不定的旅行商人有漂泊不定的優點，能為村落帶來必要的物品，並帶走不需要的東西。

受人崇敬為麥穀豐饒之神的赫蘿，應會對這樣的遭遇有所共鳴。

神永遠不會成為村落的一份子，豐收時受人崇敬，歉收就遭人怨恨，其他無可奈何的災禍也會全怪到神頭上。無處去的憤怒難以宣洩於鄰人，但只要怪罪給外人就沒事了。怨到最後也就沒人需要這樣的神，就連拜也不拜了。

因此，赫蘿才會溜進羅倫斯的貨車。

羅倫斯不禁想，自己與赫蘿的邂逅或許就像是兩個這種遭遇的工具，因為沒其他地方能放而被收在了一塊兒。

不過，羅倫斯並不認為自己走上這一行是種不幸。

因為多虧於此，他才能認識赫蘿。

「別那樣看我嘛。」

羅倫斯見到赫蘿心裡不好受的臉，苦笑著捏捏她的小鼻子。

「現在駕座上有人能替我分擔這個重擔了，我還要奢求什麼呢？」

「……大笨驢。」

赫蘿撥開羅倫斯的手，生悶氣似的這麼說，只有尾巴不安分地晃動。

「可是汝真的找得出石磨嗎？若有需要，咱變狼以後或許是聞得出石磨裡麥粉的氣味啦。」

這麼說的赫蘿，對羅倫斯展露的是勢在必得的笑臉。

「要比耍心機，我可是不會輸人喔。」

見羅倫斯挺胸的樣子，赫蘿先是一愣，然後嗤嗤笑起來。

「不是小聰明嗎。」

「別這麼嚴嘛。」

羅倫斯聳聳肩，赫蘿跟著用食指勾起手裡羅倫斯的食指。她原來還有這麼少女的一面。

因此，自認紳士的羅倫斯姑且說道：

「總之這工作應該不輕鬆，不想看我跟人討石磨，不跟來也沒關係。」

赫蘿笑嘻嘻地將羅倫斯的手拉到嘴邊，咧出尖牙說：

「咱可是很喜歡看你哭哭啼啼的樣子吶？」

「喔，那我們是臭味相投嘍。」

赫蘿的耳朵和尾巴啪噠啪噠地拍起來。

「大笨驢。」

縮著脖子笑幾聲之後，赫蘿輕吻羅倫斯的手。

接著放開。

「那麼，就讓咱瞧瞧汝的本事唄。」

不久，有人來敲門。亞金來喊開飯了。

端上桌的麵包雖離現烤有一大段距離，但仍是以小麥製作的白麵包。湯也不是只靠鹽和醋調味，還是以麵包粉芡濃，並爽快地下了大塊羊肉。

桌上的酒瓶，更是令人略感驚豔。

「好漂亮的酒瓶，綠得真美啊。」

經過艾瑪莉耶承自修道院的漫長禱告，午餐才終於開始，羅倫斯先以這句話起個話題。

「先父好像很喜歡玻璃製品，宅子地下室放了好多好多……真的是非常多，說不定賣掉一部分就有錢修水車了呢。」

聽艾瑪莉耶無奈地這麼說，縮身坐在餐桌角落的亞金瞥了她一眼。縮得難受不只是因為他身材高大，也是因為在他的常識裡，家臣與主人不該同桌吃飯吧。

既然兩人想法有這麼大的歧異，對於玻璃收集品興許也是如此。

艾瑪莉耶懷有教會公正無私的精神，當然會先考慮變賣玻璃收集品。但在亞金眼中，前任領主的收集品等於家寶，肯定是萬萬不能。

「不過，禁止大家繼續用石磨以後，就能暫時解決水車的問題了吧。」

羅倫斯撕塊麵包沾湯，並說：

「我以前在其他地方也見過類似的事，應該幫得上忙。」

這話使亞金挺直了背桿，彷彿在稱讚羅倫斯是個上道的人。

「真的嗎？」

「真的。其實很多像這樣的大農村，能藏東西的地方並不會太多。」

羅倫斯說到「藏」字時，艾瑪莉耶臉上乍現的光采又逐漸失色。

想必她是希望村民能自願提供協助。

喝口葡萄酒後，羅倫斯像眼中只有錢一般冷酷地說：

「沒必要替他們難過，錯在不繳稅的人身上。」

羅倫斯補個微笑，彷彿那是理所當然。

艾瑪莉耶表情苦悶糾結。沒有看亞金，是因為知道他立場不同吧。

「況且設置水車，本來就是為了村子好。啊，當然，這件事不必煩勞艾瑪莉耶大人您出面，我會自己和村民談，請他們交出石磨。」

「咦，可是那樣——」

「我知道自己扛不動那些石磨，到時候，還請亞金先生助我一臂之力。」

艾瑪莉耶是個聰明的女孩，立刻就知道那是為了不弄髒她的手。同時，她也有副會因此猶疑與歉疚的好心腸。

但亞金無視於她，堅聲回答：

「隨時候命。」

艾瑪莉耶愁著眉看了看羅倫斯和亞金，低下頭去。權力的寶座並沒有旁人想得那麼舒服，也不是任何人都坐得起。

羅倫斯看著她，心裡想的是——無論結果是好是壞，人總會習慣這種事。

曾有詩人稱之為心靈的消磨。不知為何，這世界從來就不是個讓人好過的地方。

「況且對旅行商人來說，能協助領主大人的機會可是求之不得呢。」

說得是一副期待油水的樣子。

這時，寡言的亞金也開口了。

「朵勞修坦家必會犒賞勞苦之人。」

兩人自相勾結般，將罪惡歸結給為錢而來的外地旅行商人和腦袋頑固的家臣。

這讓赫蘿以憐惜目光看向艾瑪莉耶，但當然是沒有插嘴。這裡最懂世間殘酷的不是別人，就是赫蘿。

「那麼午餐過後，我們就立刻出發吧。」

「這麼快？那真是太好了。」

亞金的答覆使艾瑪莉耶抬起頭來，似乎有話想說，但還是低了回去。

肩膀顫抖，是因為她的手正緊握著平整置於腿上的亞麻布吧。

「……那就，拜託兩位了……」

羅倫斯緩頰一笑，並不是因為事情照著計畫走。

而是見到艾瑪莉耶不只善良，也有面對命運的勇氣。

接下來該做的，就只是全力協助她而已。

石磨決定用羅倫斯的馬車來搬運。從車上卸下貨物的途中，亞金說：

「真抱歉。」

羅倫斯手沒停歇，和赫蘿對上眼後朝她一笑。

「用馬車可是要收錢的喔。」

不用說，羅倫斯明白亞金道歉並不是針對馬車。

「再說，我是接受伊凡修道院院長的請求而來的。這個院長很小氣，心裡只有自己的修道院，不管我怎麼辛苦送物資過來，她連一分錢都不會多給我。而院長卻說艾瑪莉耶一定很苦惱，要我來幫她。」

這是商人式的比喻，表示艾瑪莉耶是個值得院長費心照顧的人物。

肌肉壯如猛牛肩頭的亞金抬起貨物，輕輕置於地面。

外表雖近似山賊，但為人絕不粗野。

「艾瑪莉耶大人應該會是個好領主吧。」

羅倫斯笑著將最後一件貨物搬下馬車。

「能替她效勞，是我的榮幸。」

接著兩人又回去找村長。赫蘿很遲疑是否該留下來安慰艾瑪莉耶，但是被羅倫斯阻止了。他們很快就要離開這座村莊，這工作應該交給亞金來辦，而亞金將會在艾瑪莉耶之前辭世。學教訓永遠不嫌早。

拖著空蕩蕩的馬車到村長家後，發現村長幾個似乎完全放下了戒心，正在飲酒作樂。

他們將家具擺到一邊，在夯實的地上鋪設乾草，村民們全盤腿坐在上面。其中央擺了個銅製的釀酒鍋，裡頭想必是村長以獨門技法製成的啤酒。

「今天吹的是什麼風啊……」

就連村裡最滑頭的村長，也難以掩飾心中的驚惶。

「啊，各位請別拘束，繼續喝。領主大人剛委任我代為行使徵稅權，所我來先來向各位打聲招呼。」

「徵稅權……這、這樣子——」

「在前任領主的時代，就已經公告禁止村裡使用石磨了吧？所以很抱歉，我今天要根據這條規矩，沒收各位的石磨。」

村民們霎時緊張得甚至能聽見他們寒毛倒豎的聲音。

但村長對他們使個眼色，微微點頭，可能是要他們別自亂陣腳吧。

「您的意思我懂了……可是您也看見了，我們中間放的不是石磨，更別說這房子又破又小，根本沒地方藏石磨啊。」

人還坐得住，就表示他們的石磨也都藏好了吧。

羅倫斯不改微笑，點了點頭。

「就是啊。農村和城鎮不同，房子裡都直接看得見撐住屋頂的梁柱，沒有閣樓能藏；地面也沒有鋪木板，就只是夯實的土。挖洞藏很容易看穿，要挖出來也不容易。」

羅倫斯突然替他們說話，使村民們面面相覷。

「那麼田裡呢？要找很簡單，拿根木棒戳戳土地就行了。再說這個季節的田裡都種滿了作物，應該不會亂挖洞才對。」

有一、兩個人咕嚕一聲嚥下大把口水。這些人，將由亞金代為記下。

「後院和通往田地的路上或許有很多地方能藏，可是挖過洞的地方，遠遠就能看出雜草長得和周圍不一樣。要藏在河對岸的草原也可以，但照理說來，不太可能把石磨這種常用的東西藏得那麼遠。所以會是哪裡呢？」

羅倫斯環視屋內探頭窺視位在鄰房，沒有設門的廚房。

「爐灶裡……藏石磨是稍嫌小了點，況且會燒壞軸木。」

那還有哪裡能藏？旅行商人的優勢在於去過各種地方，學到不論東西南北，人們的想法都大同小異。

「答案就是，會藏在蓋房子時一定會有，而且翻過也看不出來，又根本不會去翻的地方。」

羅倫斯向後一轉，站到在門口看情況的赫蘿面前，並對愣住的赫蘿恭敬地以手勢請她讓開，因而現出的是她腳下的石板。

「人頻繁出入的地方，土地磨得特別凶。」

因此容易出現凹洞，故擺放石板。而且，當稅吏來家中搜查時，居民大多都是緊張地站在門口觀望，這裡便成為家中最大的盲點。

當亞金抓起做槓桿用的鐵棒，村長也咬牙低下了頭。

「造了新水車，也只會被野火燒掉啊……」

為避免火災，就只能鏟光那惱人的紫花，或至少清空水車周圍。也就是在農忙時節，花時間割除賣不了錢的花草。

「我以商人身分向各位保證。」

羅倫斯斷然說道：

「儘管如此，水車對全村還是有幫助。」

亞金一橇開鋪石，果真就見到石磨藏在底下。

沒搜出石磨的那幾間人家，應該是真的沒有石磨吧。羅倫斯不時自然地看看赫蘿，倘若她看出村人說謊，一定會有所表示。

最後，總共沒收了十七座石磨。

變得沉重非常的馬車，使馱馬發了脾氣般拉得鼻子猛噴氣。

「真的不靠武力就解決了呢。」

亞金忽然以不知是自嘲還是道謝的語氣這麼說。

「要心機是商人的強項嘛。」

羅倫斯重握韁繩說道：

「現在問題是艾瑪莉耶大人那邊吧？」

還以為亞金要揮拳打過來，結果只是「唔……」地低吟一聲而已。

「以領主來說，她心腸似乎有點太軟了。」

「……沒人會樂意繳稅，就算稅金都是用在照顧人民也一樣。」

「真是汗顏啊。」

即使明知稅金會用來擴充城鎮設備、改善治安，進而吸引更多居民，促進商業發展，旅行商人仍會想盡辦法壓低關稅，閃躲城鎮課徵的種種稅金。

「再說，未來有沒有錢維修水車還不知道呢。到時候，就得用更狠心的方法了。」

下次可沒有石磨可以沒收。

「您可以想個法子嗎？」

亞金的問題讓赫蘿看向羅倫斯，用眼神要他別太深入。羅倫斯跟著摸摸她的頭，請她放心。

「我在很多城鎮作過生意，見過各式各樣的稅目，隨便都能舉出幾個。」

「……還是只能走這條路嗎。」

「但接下來，重點就是替村民找條賺錢之道了。」

若不開源，他們也沒錢賦稅。

「……我們不是商人啊。」

「是啊。」

羅倫斯話雖如此，他也知道每次收取新稅，都會消磨艾瑪莉耶心中柔軟的部分。

「我也會傾盡我旅行商人的知識，提供……」

話說到一半。

「艾瑪莉耶大人？」

身為領主的艾瑪莉耶，從另一頭小跑步奔向宅邸。雙手抱著一大把東西，腳步略感踉蹌。

最後，她消失在後院裡。

應該是趁羅倫斯幾個出門沒收石磨時，出去做了些什麼吧。

「領主大人怎麼了？」

「嗯……」

亞金似乎也沒頭緒。羅倫斯覺得赫蘿可能知道而看她，而她表情先是有點訝異，然後轉為安慰的微笑。

原因，一進宅邸就知道了。

「大……大小姐？」

在午餐時的桌邊見到艾瑪莉耶時，亞金以錯愕口吻稱呼她「大小姐」。

「我們不是約好不要叫我大小姐了嗎？」

並且被她當面糾正。

而這個艾瑪莉耶，則是捲起了袖子，整理她鋪了滿桌的東西。

那全是為這村莊帶來災害的紫色花朵。

「說來說去，都是這些花不好。」

艾瑪莉耶說道：

「要是能找到這些花的用處，或許村人就願意積極採收，這樣就能保護水車了吧？」

她並不是只會哭哭啼啼，任憑命運擺布的女孩子。

「而且羅倫斯先生是旅行商人，只要有地方出好價想買這些花，再遠都願意送吧？」

赫蘿以彷彿在說「是嗎？」的戲謔眼神瞄羅倫斯一眼。

不過，他也沒有別的回答。

「是啊，有賺頭的話。」

這是不能退讓的原則。

「那就先從入菜來試試看怎麼樣？我在修道院也學過香草的用法，這種花有很棒的香氣，有機會做成香料。」

能輕易想到的做法，前人都想過了吧。

要潑這種冷水是很簡單，可是重點是她願意面對問題的心。

「煎大塊牛肩肉的時候加上一枝，或許會很香。」

「其他還能怎麼做。」

「拿來泡劣質葡萄酒之類的。」

艾瑪莉耶點點頭，手掂下巴說：

「這種花可以直接吃嗎？」

亞金跟著咳了兩聲。

「請饒了我，我不想再試了。不管燉湯還是煎炒都不行。」

看來前任時期也試過許多做法，而結論是無法直接食用。

「另外，可能是因為香味太重，牛羊都不肯吃，連豬也不碰。」

若能當家畜飼料，村民早就笑呵呵地丟進花海中放養了。沒那麼做，自然有其原因。

「如果只需要一點點就能調味，實際上也賣不了多少呢。」

而花是長得一望無際，一點也不誇張。

「那麼，直接做成香包怎麼樣？在修道院也常用香草做香包。」

女子修道院中，青春少女和年長女士聚在一起一針一線縫製香草布包的情境，一定是十分地祥和又溫馨。

「香包有它的市場，而且這種花的氣味也確實很強。然而就算再能賣，量也不會多到能夠影響到那麼大的花海吧。」

同樣是香味撲鼻，人會把錢拿來買香包還是麵包呢？

況且香味能持續很久，不會長賣。

「如果一個城鎮賣得不夠多，那多走幾個城鎮有機會嗎？」

「路上總會有下雨的日子，而乾燥花這種東西雖然很輕，但是空洞多，很占空間，我的貨台又不大。如果送去另一個城鎮只能賺到一杯啤酒的錢，根本就做不成生意，也減少不了花海的面積。」

艾瑪莉耶不甘地啃起指甲，但她並未就此放棄。

「那麼……對了，既然能燒，砍來當日常柴火怎麼樣？」

「村民沒這麼做，應該有他們的理由吧。」

羅倫斯這麼說之後，亞金接了下去。

「村民害怕把花帶過河，會讓花在這裡生根。而且那些花等於是火災的象徵，堆放在家裡，總是讓人睡不安穩。」

這種急就章的方法治不了本。村民並不是傻瓜，前任領主又是個賢君，不會沒想過。

可是艾瑪莉耶仍未氣餒。從不久之前，就能感到她有不諳世事的自知之明，準備竭盡所能力戰到底。

「我會繼續想。」

她堅定地說：

「至少我在修道院天天都在思考。」

「大小姐……」

高大的亞金頻頻眨著眼低語。

「不是說過別叫我大小姐了嗎？」

艾瑪莉耶苦笑道：

「我現在是領主。」

羅倫斯戳戳赫蘿的背，拿起一枝花。

「那麼，我們就一起絞盡腦汁吧。」

話雖說得好聽，但現實並不像花香那麼美。四人就此在餐廳想到深夜，即使想方設法也無計可施，只是任憑蠟炬成灰而已，最後只好宣告解散。

亞金替羅倫斯點了新的獸脂蠟燭，還送上安眠藥跟啤酒，可能是當今天的謝禮吧。羅倫斯便感激地收下了。

回到房間，先一步回房的赫蘿開了木窗，正藉月光保養尾毛。

「好夢幻的畫面。」

羅倫斯說著關上門。赫蘿用牙齒咬開打結的毛，表情不怎麼高興。

「汝誇咱的時候大多沒好事。」

「什麼都瞞不過妳呢。」

羅倫斯將亞金給的啤酒注入木啤酒杯，交給赫蘿。

赫蘿接下酒杯就往嘴送，手卻忽然止住。

「可能是她抱花進來的時候拿了一部分去燒，或是早已和這村落的空氣融為一體了。」

在餐廳聞了一整晚令嗅覺都快失靈的花香也混入了酒中。若在平常，赫蘿也許會樂於品嘗不同風味的啤酒，不過今天實在令人卻步。

「唔……管他的，不是麥子的錯。」

赫蘿大口大口地喝，痛快打個酒嗝。

「話說回來，實在是太沒用了唄。」

「妳說紫花嗎？」

羅倫斯一邊問，一邊為轉眼見底的酒杯添酒。

赫蘿懷疑地看來，刻意膨起毛茸茸的尾巴。

「不然還有什麼東西沒用呀？」

「這個嘛……旅行商人的小聰明之類的。」

羅倫斯笑了笑，赫蘿又昂首灌酒並往床一躺，但酒一滴也沒灑。

「喂，遲早會灑出來啦。」

「咱早就想試試泡在酒裡睡覺的滋味吶。」

「別說傻話了，來。」

羅倫斯往擺在肚皮上的酒杯伸手，赫蘿毫不抵抗地交出去。

閉上的眼皮底下，思緒似乎仍在打轉。

「人稱約伊茲賢狼的咱，居然會為小小的花這麼費神……」

「要是妳兩、三下就能想到賺錢的點子，我早就是大商行老闆啦。」

「大笨驢。錢是靠咱的點子賺的，老闆是咱才對。」

赫蘿翻身趴下，下巴枕在手臂上搖尾巴。

也許是在想像坐擁金山銀山，酒池肉林的生活吧。

「話說這花嘛……」

羅倫斯低吟似的呢喃，在赫蘿身邊坐下，搖擺的尾巴隨之拍上他的背。

「如果是玫瑰就好辦多了。」

「喔？」

「慶典之類的儀式常會用到玫瑰，能夠一車一車地賣。像王公貴族到城鎮參訪的時候，人們還會在路上鋪滿玫瑰花瓣呢。更南方的地方，就連高級菜式和甜點都常會用上，買氣好得很。」

「喔喔～」

赫蘿往羅倫斯擠，想多聽一些。羅倫斯也用「我也只是聽來的」作前提，說道：

「貴族的晚餐少不了杏仁牛奶、玫瑰水和砂糖。尤其這三樣混在一起做成的湯，是甜得令人心醉神迷，還有玫瑰的香氣。他們還會用這種湯做燉飯，餐後喝點木莓酒。或是加生薑讓它味道清爽一點，燉鵪鶉或鴨肉吃，據說虛弱的病人吃了很快就沒事了。」

赫蘿聽得都忘了眨眼，咕嚕一聲吞口水。

在餐廳傷腦筋時吃了那麼多東西，現在還想再吃啊？唏噓之餘，食慾被挑起的赫蘿表情有點滑稽，使羅倫斯忍不住繼續說下去。

「在擁有藍藍大海，夏天長達半年的國家，貴族吃的甜點更是厲害。」

赫蘿的尾巴也晃得更用力，手揪起羅倫斯腰際的衣服。

「即使是採得到堅果和椰子的炎熱土地，只要爬到高上天的山上，山頂一樣是終年冰封。所以在悶熱的夏天，貴族會派人上山鑿一大塊冰回去，用刀削成鬆鬆軟軟的雪，淋上摻了砂糖的玫瑰水，再用很酸很酸名叫檸檬的水果的皮，跟蜂蜜燉煮以後，跟蜂蜜一起加上去。」

羅倫斯用手裝作器皿，並做出淋上蜂蜜的動作，看得赫蘿眼睛入迷地跟著一起轉。

「最後用銀湯匙挖一口這種冰涼涼的甜點起來送進嘴裡，喀滋喀滋地嚼一嚼，又冰又酸的蜜汁流過喉嚨……啊、會痛啦！……赫蘿！」

赫蘿用指甲揪起羅倫斯的大腿肉用力一擰。

「……汝啊，不如我們明天就往南方……」

「不行，不能這樣就走。」

羅倫斯開始後悔自己的得意忘形。

「再說，那應該比蜜漬桃還貴，根本就買不起。」

「嗚嗚嗚……」

赫蘿立刻換成哭喪的臉，要羅倫斯嘗嘗她的痛苦般啃起他的腳。

「很痛！會痛啦！」

啃到一半，赫蘿忽然抬起頭。

「真是的，咬破褲子怎麼辦……」

「話說汝啊。」

「唉……又怎麼啦？」

「冰往北走就有了，咱們這也有蜂蜜。至於那個叫檸檬的……就只能用其他水果替代了。砂糖的話，每個港都都買得到吧？」

在行商之旅上，赫蘿也學了不少多餘的小知識。

「就算有，誰要來付這個錢啊？」

羅倫斯背上被尾巴用力拍了一下。

「那玫瑰水吶？買得到嗎？還是說很貴呀？」

「什麼？」

羅倫斯反問時，見到赫蘿眼神恍惚地念念有詞，大概是正在動用至今所有知識，想做出這種冰甜點吧。

但忽然間，赫蘿的眼恢復意識，還晃著怒火看過來。

「汝是覺得那個叫玫瑰水的東西，沒有寒夜抱著咱的尾巴取暖來得貴重嗎？」

即使是最高級的狼皮，價格也遜於鹿皮，而鹿皮遜於兔皮，兔皮遜於狐狸皮，狐狸皮還遠遠比不上貂皮。這樣的貂皮，一張就要價一枚崔尼銀幣了，可是玫瑰水還得用等重的黃金來買。這

樣的事實，肯定會傷害到赫蘿狼的自尊。

不過羅倫斯直說也不擔心被赫蘿咬死，是因為赫蘿沒注意到一件事。

「市場上賣的狼皮，連一滴玫瑰水都買不起吧。」

赫蘿張大眼睛，說不出話。

不久，她的手開始顫抖，一路抖上肩膀、耳朵和尾巴。

等她咧起嘴，露出底下兩顆尖銳獠牙，羅倫斯才說：

「但是呢，妳知道妳用來擦尾巴的東西是什麼貨色嗎？」

「……啥？」

赫蘿不厭其煩地照三餐又梳又摸的尾巴，稍微一動怒就會滑稽地膨起，尖端如玻璃束般閃閃發亮。

那樣的光澤與撩人鼻頭的甜香，是從何而來呢？

「要用妳的尾巴取暖，價格可是比玫瑰水貴了好幾倍，想到就頭昏呢。」

赫蘿看看尾巴，又看看羅倫斯。

羅倫斯垂頭嘆息，繼續說：

「妳用的油，在油鋪是買不到的，得找藥材行才行。因為不會有哪個傻瓜會用那麼貴的油去燒菜。妳完全不看價錢，只靠氣味就相中了它，就表示妳的鼻子是真的分得出東西好壞吧。想不到妳竟然想也不想就選了整間藥材行裡最貴的東西呢。」

當時讓赫蘿買那麼昂貴的油，正是因為羅倫斯闖了那麼大的禍，所以不敢多說些什麼。只能乖乖解開荷包，而赫蘿也毫不客氣地收下了。一般而言，那是只有貴族家的千金才會用的保養品，絕不是旅行商人會買來送給意中人的東西。

而那正是傻愣的赫蘿天天用來抹尾巴的東西。

「那是製作玫瑰水的時候，收集最上層薄薄一層的浮油，再用別種油兌出來的。當然，那比不上傳說裡某個古代大帝國的暴君送給公主那種沒有稀釋，只用花瓣製作的精油。據說那用了和十匹肥馬一樣重的花瓣，才好不容易能裝滿小指尖那麼大的瓶子。不過呢，做妳用的香油也要用掉一整車……」

羅倫斯說到這裡，忽然說不下去。

「一整車……」

「……汝怎啦？」

赫蘿不安地從下方窺視羅倫斯的臉。

這時，羅倫斯猛然轉頭。

不是朝向擔憂的赫蘿，而是搖來搖去的毛茸茸尾巴。

「一整車？」

「唔啊！」

赫蘿怪叫著坐起來。

而那沒有引起羅倫斯的絲毫注意，他只是抓著赫蘿的尾巴盯著看。

「汝、汝啊，不要那麼粗魯……抓咱的、尾巴——」

赫蘿紅著臉想躲，尾巴像條魚似的扭來扭去，但羅倫斯卻緊抓不放。他只注視眼前的尾巴，以飛快速度組合對這村子的所有記憶。

有燃料、有工具、有材料，一應俱全。而且不用等做出成品，效果已經有保證。更棒的是，這樣的商品不占空間。

「就是它！這樣一定行！」

羅倫斯總算浮出沉思之海，對赫蘿大笑。

等到他發現赫蘿面紅耳赤、眼角泛淚時，已經太遲了。

「汝這個大笨驢！」

臉上狠狠吃了赫蘿一巴掌。

不過即使滾下床鋪，羅倫斯也不改笑顏。

「這東西一定會大賣特賣啊！」

羅倫斯叫著跳起來，不顧赫蘿哀怨地注視被他抓皺的尾巴，一把握起她的手。

見他這麼激動，赫蘿有點害怕地縮縮身子。

「而且，以後妳也不用怕沒東西保養尾巴了！」

尾巴才剛受虐的赫蘿還來不及回嘴，就被羅倫斯踉蹌地拖下了床。

「汝、汝啊！汝啊！慢點！」

「快點，還磨蹭什麼，走了！」

羅倫斯拿起置於壁燭台的獸脂蠟燭，開門說：

「救人又能賺大錢的機會來嘍！」

赫蘿不敢恭維地嘆氣，但沒有甩開他的手。

擺出「又來了」的表情後，臉上多了點欣喜的笑容。

這種香氣四溢，油分多到夏季光是日曬就會起火的花，長得是無邊無際。

在這樣的花海中，一行人一一放置形狀有如壓扁陶壺的細頸銅製釀酒鍋、黏土，以及艾瑪莉耶的父親熱衷收集的玻璃瓶。

起火之後，燃料花田裡要多少有多少。

當這些東西全部湊齊，為村莊帶來災厄的紫色花海即可成為賺錢的財富之海。

「這樣可以嗎？」

領主艾瑪莉耶捲起了袖子，用黏土封住釀酒鍋的口。鍋裡裝了河裡打來的水，以及滿滿的花瓣。

「接下來，把它跟這個玻璃瓶……」

羅倫斯仔細接合黏土，斜立窄口玻璃瓶。原本做這件事，該請玻璃匠打造一副專用的管子或銅管，但現在沒那種時間，只能將就點用。

要做，等確定成功以後再做。

「那麼，我要點火了。」

代表村民之聲的村長，不安地這麼說。村民們不知用釀酒鍋煮花有何用處，都遠遠地觀望，表情愈看愈懷疑。

步驟和工具應該都對，只等結果了。

羅倫斯專注地看著火堆點起火苗，而已將花朵摘除的莖葉隨之著火，漫出青煙。

「然後呢？」

站在身旁的艾瑪莉耶期盼地問。

昨晚羅倫斯說出想法後，艾瑪莉耶的興奮也不遜於他，馬上就一手拿著鐮刀往花海衝，亞金好不容易才拉住。後來似乎是樂得睡不著，黑眼圈濃得像炭痕。

雖然代表權威的領主掛著難看的黑眼圈讓亞金看了直搖頭，但儘管如此，艾瑪莉耶依然是活蹦亂跳。

或許她只是外表文靜乖巧，實際上並不是那麼喜歡深思吧。

「水滾以後，蒸氣就會跑進玻璃瓶，這時要澆水讓它冷卻。」

受召集而被迫擱置農活的村民們不甘願地提著木桶，在一旁待命。

「就快了……你們看。」

玻璃瓶裡開始起霧。在羅倫斯一聲令下，村民們無奈地將打來的水往玻璃瓶潑。

「這麼一來，冷卻的蒸氣就會變成水。」

在釀酒鍋咕嚕咕嚕的煮水聲中，濃濃蒸氣接連不斷地進入玻璃瓶。現在雖是春天，河上游的山仍積著厚厚的雪，河水冰得很。每一潑都能確實冷卻玻璃瓶，閃現裡頭的狀況。

「裡面的水愈來愈多了……」

艾瑪莉耶說到這驚呼一聲。

「水面上……有油？」

「看來是成功了。」

傾斜的玻璃瓶口附近，浮了層油膜的水徐徐累積。

爐周圍瀰漫著濃濃的花香，深蓋兜帽的赫蘿手按口鼻。

注視村民反覆進行同樣作業一陣子後，羅倫斯伸出手，要取下玻璃瓶。

但遭到亞金的制止。

「往後要無限重複這工作的人，是我自己。」

又或許是不希望客人因此燙傷吧。

一個微笑後，羅倫斯將位置讓給亞金。

亞金用他厚實的手掌輕輕抓住玻璃瓶並小心剝除黏土，不讓水外流。

「哇！」

「好香啊！」

瓶口頓時湧出濃烈香氣，連周圍村民也不禁驚嘆。

對著太陽照瓶身，還能清楚看見油水分層。

接著，亞金將瓶口拿到主人艾瑪莉耶面前。

艾瑪莉耶用手指抹下點油，擦在事先準備的布上。

「……天啊。」

而她嚇呆了似的，只是短短這麼說。

「製造香油需要大量的花，不過這裡應該沒有缺花的問題吧。像這樣氣味這麼強的香油，藥材商會再用油大量稀釋，一瓶當好幾瓶賣。對我這樣的旅行商人來說，只要帶一小瓶原油走就好。

這樣一來不怕下雨，二來又不占貨車空間。」

雖不知價格能訂多高，但是量多到不怕薄利多銷，香味也確實出眾。

原本只能當雜草割除的東西，現在已值得村民寄託希望。

「要說問題的話嘛。」

正聞著布上香油的艾瑪莉耶、亞金、赫蘿和村長聽見羅倫斯這麼說，都轉過頭來。

「煮完油的當天晚上，不管吃什麼都是滿滿的花香吧。」

這玩笑逗得所有人哈哈大笑，亞金還拍手說：

「旅行的智者把寶貴知識帶來我們村子了！此後，我們要跨越神降賜的考驗，把這片花海變成福音！」

要收割的紫花滿坑滿谷。與其摘下花朵再拿莖葉去燒，不如乾燥後再處理更有效率。

而且，村民們還有正常農活要忙，花過季就要謝了。

沒時間可以耽擱。

村民們立刻興奮得議論紛紛，而羅倫斯拿出過客的樣子，默默後退一步、兩步。

這時，肩膀撞上了人。

「哎呀。」

原來是赫蘿。

「怎麼樣，我的小聰明還不錯吧？」

這時挺胸自誇個兩句，應該不為過吧。

聽羅倫斯這麼說，兜帽蓋到鼻子的赫蘿沒轍一笑，隨即不客氣地扭身往羅倫斯肚子揍一拳。

「嗚噗！」

「這是替咱尾巴報仇，大笨驢。」

「咳咳……」

雖然不怎麼痛，羅倫斯還是嚇得彎起了腰。

赫蘿窺視他因而接近的臉後，露出隔著兜帽也能感受到的駭人笑容，說道：

「汝欺負咱尾巴的這個仇，咱永遠也不會忘。」

「別、別這樣嘛……」

「所以——」

赫蘿忽然湊了過來。

「以後要更用心保養咱的尾巴喔？汝現在是這土地主子的大恩人，應該能大賺一筆唄？」

「啊？沒有啦，還不知道好不好賣呢……」

「夠了，汝還想在夜裡繼續睡個暖呼呼的好覺唄？」

泛紅的琥珀色眼瞳亮得有如燉鍋中的水果。

原本是以為有便宜能撿才來到這片土地，結果這次錢包好像也沒機會吃個飽。

「……想。」

羅倫斯老實答話後，赫蘿像個天真無邪的少女瞇眼一笑。

接著說：

「那咱可要定期從汝的錢包擠出點油水才行。」

「……」

低頭一看，赫蘿正開心地勾著他的手。

村民們匆忙做起各種準備，亞金和艾瑪莉耶熱切交談。

他們倆注意到羅倫斯與赫蘿的視線而轉過頭來，受兩人感染似的堆起滿面笑容。

「羅倫斯先生，您一定是神派來的救星！」

對此一言，羅倫斯只能苦笑著輕輕揮手。

另一隻手被占有慾強的狼緊緊抓著，不讓別人搶走。

「哪是神派來的，只是被以前稱作神的人當下人使喚而已啦。」

羅倫斯低聲自嘲。

「商人的喜悅，不就是替別人效勞嗎？」

赫蘿這麼說，尾巴在袍子底下搖來搖去。

羅倫斯仰起頭，望向冬去春來之際的優美藍天。

這是發生於無垠花海，身體都要被風吹甜的往事。

◇◇

在塵味濃厚的倉庫前，羅倫斯和赫蘿總算從小瓶中噴湧而出的記憶中甦醒。

香油的效能似乎絲毫未減。

「我想起來了，繆里那丫頭對這小瓶子一點興趣也沒有嘛。」

「因為不能吃，聞起來再香再甜也沒用唄。」

繆里年紀太小，還不懂品味花香之樂吧。

「不過石磨的藏法，倒是讓那頭小笨驢深有啟發的樣子，所以很可能會藏在咱們想也想不到的地方。」

他們的獨生女繆里愛搗蛋勝過吃三餐，對於尋寶或冒險故事更是無法抗拒。

「真不曉得是像誰喔……」

「應該是同樣無法抗拒金銀財寶，什麼都想塞進錢包的汝唄。」

「我看是會從糧袋裡挑出肉乾最好的部位藏起來的某個人才對吧。」

「大笨驢，是汝。」

「哎呀呀，賢狼也有看不清的事啊？」

「咱知道的可比汝多多了！」

羅倫斯和赫蘿我撞妳、妳撞我地重複著類似對話，從倉庫齊步走向主屋。鬥嘴歸鬥嘴，兩人的手仍緊緊相繫。

走過的路，留下了一股甜蜜的香氣。

但似乎不是花香，而是另一種氣息。

或許，那就是所謂幸福的味道。

狼與輕咬的牙

待大地冰釋雪融，迎春慶典也結束後，新綠時節終於到來。

這樣的時候，距離夏季避暑客來到還有段時間，與年中最喧囂狂亂的冬季也十分遙遠。村中屋舍為下個季節所作的修繕與改建都告一段落，每間溫泉旅館都是靜悄悄地。

我所服務的溫泉旅館「狼與辛香料亭」也不例外。今天沒有客人，老闆羅倫斯又出門參加村民會議，老闆娘赫蘿也難得跟去了。大概因為那是以會議為名義的酒席，今年春天狀況也不錯，有很多好菜能吃的緣故吧。掌管廚房的女子——漢娜也上山採鮮菇野菜去了，家裡空無一人。待晨間工作結束後，直到中午我都無事可幹。

平常這時候，我是應該捧起神學書研讀神的教誨。不過今天特別閒，又有一大池溫泉晾在那裡，我便在享用漢娜留下的午餐前放鬆一會兒。泡在無人的池子裡，在藍天下喘一口氣。這樣的時光是那麼地閒適、清靜。

一旁擺著我最近開始喝的蜂蜜甜酒。和著罪惡感啜飲一口，仰頭見到一整片優美的藍天。感覺上，我此生已經別無所求。過這樣的生活，能比翻閱神學書更快找到神所說的幸福。

「啊……」

真希望這樣的時光能永遠持續。

就在我將勤勞與勤勉等自律擺到一邊，任怠惰的情緒接管身體時——

大～哥～哥～！

依稀聽見這樣的聲音。

我一時還以為自己睜著眼睛作了夢，結果那聲音又清晰傳來。

「大哥哥～！」

看來是去河邊玩的繆里回來了。她是「狼與辛香料亭」老闆夫婦的獨生女，總是叫我大哥哥，和我親得很。年方十二、三，差不多可以嫁人了。一這麼想，感覺就難免有點失落。

不過最近，我對這件事開始有「相反」的憂慮。

「我在溫泉這邊！」

這麼喊之後，啪噠啪噠的腳步聲隨即接近，繆里跑進浴場裡來。

「找到了！大哥哥～！」

繆里的臉一見到我就亮了起來。

她的長相簡直和母親是一個模子印出來，眼睛顏色也一樣，可是笑法卻完全不同。赫蘿的笑柔得像是用蜂蜜慢熬出來，繆里則有如盛夏豔陽。

閃耀著炫目光芒，但有時熱得讓人受不了。

「大哥哥！來來來！你看這個！很厲害吧！」

繆里摇著抱在懷裡的籃子小跑步過來。衣服濕成這樣，多半是在河邊玩得太瘋，掉進河裡不少次。

這傢伙從小到大都是這麼好動，身上大傷小傷不斷，無邪的笑容充滿讓人看了也會發笑的魅力，經常讓人感到她年輕與天真爛漫的潛能。

但是，曾幾何時。

我開始有點害怕她的笑容。

「繆里，不要跑這麼快——」

「會滑倒」才剛要說出口。

急著跑過來的繆里硬是想在浴池邊停住，結果滑了一大跤。

「咦？」

然後跟著懷裡的籃子一頭栽進池裡。

「……」

水花迎頭澆來，淋得我瀏海掛起水簾。另一頭，繆里正在水裡吐著泡泡。一般而言，十二、三歲少女的理想形象幾乎都是埋頭學習縫紉或烹飪技術，笑時不會露出牙齒，還會靦腆地稍歪著頭，然而繆里卻和這每一項都搆不著邊。

一旦我始終當親妹妹一樣照顧的繆里嫁了出去，這裡一定會冷清很多，可是我最近反而在擔心到底會不會有人願意娶她。我嘆口氣，要把遲遲不出來的繆里拉起來時，發現一件事。

有東西在溫泉裡扭來扭去。

「噗哇！」

繆里總算從溫泉探出頭來。

「繆里，妳到底在——」

「大哥哥！不要發呆啦！」

繆里看也沒看我，盯著水裡不知預備做些什麼。

然後她慢慢把頭和手伸進水裡，這次很快就起來了。

「不要動……給我乖一點！」

大叫的繆里手中，有條粗大的八目鰻不停扭動。

「啊、啊，要跑掉了、要跑掉……呀啊啊！」

八目鰻溜出了繆里的手，繆里跟著用怪姿勢追過去，翻身摔回池裡。

看來池裡亂竄的東西都是繆里從河裡抓回來的戰利品，稍遠處還有鱒魚受不了水溫般頻頻跳出水面。

面對著溫泉裡啪刷啪刷的人魚大戰，我深深吸氣，慢慢吐出。

「繆里！」

平靜閒適的時光一轉眼就結束了。

聽我這麼說，在木炭熾紅的地爐邊插魚串的人嗤嗤笑起來。她擁有亞麻色的頭髮和紅眼睛，長相和繆里一個樣。身高也相近，怎麼看都只有十四歲左右。若保持沉默，任誰都會覺得那是個柔弱少女，然而她的笑法卻有種莫名的魄力。大概是因為她長得可怕的人生經驗自然讓人肅然起敬吧。

繆里的母親赫蘿不是人類。爐火照亮的牆上，映著具有三角大耳和尾巴的影子。她是人稱賢狼赫蘿，從前受人奉為神祇，寄宿麥中數百年之久的狼之化身。

「很不好笑好不好，幸虧現在沒人來作泉療。」

「怕什麼。溫泉裡有魚的話，找下酒菜不就省事多了嗎？」

赫蘿笑呵呵地這麼說。

繆里灑進溫泉裡的魚，在溫泉裡還能活的都已經抓出來放進裝水的酒桶裡，其他的都被燙死了。由於丟了可惜，分送給鄰居也不錯，便將幾隻處理過後拿去熏成魚乾，剩下的則鹽烤來吃。不拿來燉魚湯，是因為再煮下去有點過意不去。

「那麼，那頭小笨驢現在上哪去啦？」

對魚灑完鹽之後，赫蘿舔著沾在指尖上的鹽這麼問。

「羅倫斯先生罵了她一頓，叫她去劈柴了。」

一聽，赫蘿的視線從烤得滋滋作響，令人垂涎的魚身上揚起。

「嗯？」

頭上的三角大耳朵跟著抽動幾下。即使赫蘿已有數百年歲，現在又是溫泉旅館的老闆娘，但說句僭越的話，她的耳朵和毛茸茸的尾巴實在很可愛。我小時候，就抓過她尾巴好幾次。

「怎麼了嗎？」

「嗯，好像沒什麼聲音。」

沒客人的旅館一片寂靜，彷彿能聽見老鼠打呵欠。

聽力真的和野獸一樣好的赫蘿都這麼說了，自然表示這樣的寂靜不太對勁。

「羅倫斯先生應該會看著她啊……」

「我們家那個沒用的喝了不少酒才回來，搞不好睡著了唄。」

其實赫蘿自己也喝了不少。

「我去看一看。」

才剛站起，赫蘿就叫住了我。

「嗯。啊，汝順便去廚房給葡萄乾泡水。」

「葡萄乾？」

轉過頭，見到赫蘿眼睛閃閃發亮，尾巴也搖來搖去。

「好像是某個去過南方的人帶回來的，也分了咱們一點。直接吃就很香甜了，不過聽說用足以蓋過葡萄乾的水泡上一晚，再拿那些水和麵，能烤出很香很甜的麵包喔。」

說到食物，赫蘿比繆里更像小孩。

但是，葡萄乾麵包聽起來的確很好吃。

「寇爾小鬼，汝也喜歡吃甜的唄？泡水之前，汝就拿一、兩顆來吃吧。咱准了汝。」

被她用我和他們夫妻剛認識時的小名一叫，感覺怪難為情的。

不過我雖然長大了，卻喜歡甜滋滋的蜂蜜酒勝過苦澀啤酒，被當成小孩也是沒辦法的事。

「謝謝，我這就去。」

「麻煩啦。」

赫蘿簡短應一聲，將注意力轉回烤魚上。我莞爾一笑，往旅館後頭走。

陰暗的走廊也是同樣地靜，沒有半點聲音。若有人劈柴，應該會有叩、叩的聲響。薪柴就堆在廚房邊，所以我先去廚房辦事。

然而我找不到赫蘿所說的葡萄乾。說不定羅倫斯會拿葡萄乾為餌，讓繆里乖乖劈柴。這麼想的我來到堆柴處看看情況。星月照耀的空地上，老闆羅倫斯倚著堆積如山的原木睡著了。

「……羅倫斯先生。」

我無奈的呢喃，而他跟著「嗯咕」一聲，隨即繼續發出輕細的鼻息。雖然他的外表和我們初識時一樣年輕，卻時常自嘲酒力一年比一年差，看來並沒有誇張。

此外，到處都沒有繆里的影子。羅倫斯身上的毛毯應該是繆里蓋的吧。當然，那是女兒對父親的貼心之舉……就好了，不過她丟下劈柴工作偷溜，那多半是怕羅倫斯會發脾氣才蓋的。

或許是父親的悲哀吧，他不曾嚴厲責罵女兒繆里。

「到底跑哪裡去啦。」

赫蘿和羅倫斯是在晚餐前回來，知道發生什麼事之後直接罰她劈柴，現在應該很餓了。繆里不只繼承了赫蘿的長相和紅眼睛，連對食物的執著也不遑多讓，很難想像她不吃飯就跑去睡覺。

這麼想時，羅倫斯的鼻息另一頭傳來啪刷啪刷的濺水聲。

「在溫泉那邊啊？」

從堆柴處稍微走一段，就能來到通往溫泉浴場的鋪石聯絡通道。

走過通道就是寬敞的露天浴場了，但是進門之前，已經能見到繆里留下的痕跡。

「……這個亂脫衣服的壞習慣到底要講多少次才會改呀……」

我嘆著氣發牢騷，收拾她脫了一地的衣服，並仔細摺好，最後用腰帶綑成一束。這時，浴場屏風後傳來繆里的聲音。

「來來來，加油～」

她不知在做什麼，似乎玩得很開心。該不會是有其他溫泉旅館的孩子來玩吧？雖然每個都是出了名的頑皮，不過繆里卻是其中的佼佼者，自然就成了老大。

都這麼晚了，還能玩什麼？我繞過屏風查看，結果愣在當場。

驚人的畫面還讓我把剛整理好的衣服都弄掉了。

「啊哈哈哈！嗯？」

光溜溜的繆里發現了我的存在。

星月的交輝強過燭火，清楚照出浴場中發生的事。繆里搖晃著那頭承自父親，宛如摻了銀粉的灰髮，以及同樣顏色的毛茸茸尾巴，大剌剌地站在圍繞浴池邊緣的石頭上，而且一絲不掛。

一個大閨女沒有半點羞恥心，在這種時候暫且不管。繼承赫蘿之血而來的獸耳和尾巴不像平時那樣藏起來，全都露在外面，也還能忍受。

她抓在右手的麻袋，和左手掌中應該是剛從那裡頭取出來的葡萄乾，也能裝作沒看見。

真正的問題在於繆里所看的方向。

位在浴池中央的小中島上，有兩頭熊在對峙。

「繆里……這、這是怎樣……？」

「啊哈哈！大哥哥，你來得正好！」

繆里一旋身就踏著輕快的小步伐跑來，毫不害臊地直往我懷裡撲。

儘管她細瘦纖弱，身高不只矮我一個頭，但擁有受頑皮增幅的年輕活力。

好不容易擋下她之後，她在我訓話之前抬頭說：

「大哥哥大哥哥！你看那邊，那邊！」

繆里滿面笑容地用抓麻袋的手指向中島。

「這、這到底是在做什麼？對了，妳那不是人家送給赫蘿小姐他們的葡萄乾嗎？」

她表情尷尬地看看自己的手，隨即又笑著說：

「嘿嘿嘿，大哥哥要吃嗎？」

「繆里！」

被我一罵，繆里閉著眼睛縮起脖子，垂下耳朵。

可是手還是不放開葡萄乾。即使我伸手拿，也被她輕巧閃開。

「討厭啦，大哥哥。不要那麼大聲。」

她還反過來抱怨我，讓我頭都痛了，不曉得該從哪罵起才好。但無論如何，當下最該處理的是在中島互瞪的兩頭熊。

「言歸正傳，那是怎樣？」

紐希拉是位處深山的村落，在村中也能遭遇各式各樣的動物。遠離村中心，幾乎建在森林中

的溫泉旅館，甚至等同是住在野生動物的地盤裡。其中最讓人害怕的，就是狼和熊了。如果這種事發生在普通旅館裡，肯定整座村子都要鬧翻了天。

「那個？那個啊，是因為牠們想吃這個葡萄乾，所以我叫牠們比賽，贏的才能吃。」

「……比賽？」

「嗯。不可以咬也不可以抓，因為受傷很危險嘛。先掉下水裡的就算輸。」

狼的化身赫蘿，以及繼承她血統的繆里似乎能與森林中的野獸對話，就像童話一樣，而繆里則是為這童話注滿了堪稱殘酷的天真。

「問、問題是，如果那兩頭熊打起來……」

那座中島是應羅倫斯強烈要求而建，好讓樂師能夠優雅地在池中央演奏。當初我也幫忙搬運那些石頭，不折不扣是汗水與辛勞的結晶。然而那當然只考慮到負載人的重量，在兩頭熊互瞪著轉來轉去，尋找對方破綻時，邊緣部分已經開始崩塌了。要是真的打起來，結果顯而易見。

不過，我不認為熊會聽我的制止。

該向赫蘿求救嗎？

這麼想時，光溜溜的繆里高高舉起左手拎著的葡萄乾。

「汝等想吃嗎～想吃就先證明自己比較強！」

並且模仿母親語氣似的這麼說。

隨後，兩頭熊似乎在食慾之外也賭上了自尊，恨不得張口就咬般齜牙咧嘴。

拜託，別鬧了。

還來不及說話，繆里再度開口：

「預備……開始！」

吼喔喔喔！兩頭熊發出地鳴般的嚎叫撲成一團，巨大的蠻力使池水陣陣激盪，中島也害怕自己會垮掉似的震顫起來。

其中噗通、噗通的聲響，是石頭崩落掉進水中造成的。

無能為力的我，只能呆望著兩頭熊以後腳站立，互相推擠的模樣。不覺之間，繆里已站到我身邊。

「大哥哥，我問你喔。」

不知何時，我開始有點害怕她稱我「大哥哥」。

在星光與月光的照耀下，赤身裸體，有如銀飾冰雕的繆里帶著可愛笑容抬頭看來。

「你覺得哪邊會贏？」

她的天真真是深不可測。

沒多久，中島一角整個崩塌，兩頭熊都摔進了池裡。

我一早就忙著放乾池水，重組熊壓壞的中島，我們仔細觀察形狀，小心翼翼地堆疊重如幼犬大小的石頭。這樣的粗活實在累人，我一下就做得腰痠背痛，上臂鼓脹。所幸這座中島比想像中堅固得多，避過了全毀的命運。現在想想，赫蘿也不時變成巨狼的模樣，倚在這中島上睡覺呢。放乾水以後，還一併發現了幾隻繆里昨天沒逮著，已經成了屍體的魚，可以順便清理一番。

若不這樣想，眉頭就會不聽話地皺起來，做得唉聲嘆氣。

「抱歉啊，寇爾……又連累你了。」

青著臉搬石頭的羅倫斯似乎看出了我的苦悶，有氣無力地說。

大概是宿醉了吧，不過他責任感很強，無法坐視女兒闖下的禍不管，才會勉強自己來重建中島。

「繆里她應該沒有惡意……就只是不知輕重……」

「不、不會啦。」

我又堆上一塊石頭，無力地笑。

「呃……其實還是有一點。」

不一會兒，我開始覺得這些叩一聲堆疊的沉重石頭都是心裡的煩憂。

「話說這丫頭不來幫忙是跑去哪裡啦？」

天亮後，羅倫斯見到池裡的慘況，難得卯起來訓了繆里一頓，但結果全成了狼耳東風吧。凶手繆里也根本不在這裡。

不過就算繆里在，那細瘦的手臂搬起石頭恐怕是相當吃力，說不定還會幫倒忙。然而我認為誠意很重要，就算不能幫忙，也應該坐在一邊好好反省。

「如果她能乖一點，像她那麼可愛的女孩可是世間少見喔……」

羅倫斯一本正經地說出傻父母才會說的話，但我也覺得繆里乖起來應該會很可愛。她愛笑又開朗，全身充滿活力，貪玩卻又善解人意。雖然整天都在搗蛋，但沒有惡意。

也不需要像她母親赫蘿那麼老成，只要稍微安分一點就好了。我這麼想著撿拾散落池底的石頭時，遠處傳來赫蘿的叫聲。

「汝啊。」

聲音並不大，卻順風而來般聽得很清楚。或許是因為赫蘿呼喚羅倫斯的「汝啊」有種獨特的溫柔吧。

我抬起頭，見到赫蘿難得穿上圍裙，站在通往旅館的通道上，手掌到手肘變得一片白。看來她正在做葡萄乾麵包。

「幫咱看一下爐火，咱不知道火力要怎樣才對。」

「喔……咦，漢娜小姐還沒回來嗎？」

「可能因為天氣好吧。讓她偶爾伸展一下翅膀也不錯。」

漢娜和赫蘿一樣不是人類，好像是鳥的化身。平常是在廚房比誰都更勤快的能幹女性，不過也會有這種時候。

「好，呃……」

「廢話少說，快來看火。」

羅倫斯往我看來。

「請慢走。」

我笑著這麼說，並不是因為羅倫斯和赫蘿是我的雇主，而是光看這對村裡第一的神仙眷侶對話就讓人覺得幸福。

「抱歉，我馬上回來。」

「寇爾小鬼，這也有汝的份，敬請期待唄？」

赫蘿說完就轉身進屋，羅倫斯跟了上去。

順著瞄過去，看見赫蘿慢慢伸頭過去，結果被羅倫斯搔了搔鼻尖。

沒有客人而露在外頭的尾巴正搖來搖去。

看著他們兩人的互動，堆石頭的辛勞就減緩了很多。

在我重新振作，繼續一個接一個地堆石頭時，忽然有股寒氣竄過背脊。

又或許，那是種預感。

「大～哥～哥～！」

能用笑容排除萬難的繆里只是這麼喊，我就開始胃痛了。如果是在夏天抑或是特別忙的冬天，繆里也會忙到沒時間惡作劇，可是最近清閒得很，總會有一個倒楣鬼要吸收她的能量。

我再堆一塊石頭上去，嘆著氣轉身，結果腰部冷不防捱了一撞。

「唔？」

「大哥哥！」

胸部跟著用力撞上石堆，而繆里只是笑呵呵地拉我的手。

「大哥哥大哥哥，聽我說聽我說喔！」

「……」

我咳嗽著往繆里看，只見她臉頰抹上泥痕，頭頂還沾了蜘蛛網，裸露的上臂像是被虻群螫過，到處是蟲咬的痕跡。

還來不及問她上哪去做了什麼，樂得像看到球丟出去的繆里因為太興奮，使得平時藏起的獸耳尾巴都彈了出來，唏哩嘩啦地說：

「就是啊！我在森林裡找到很厲害的東西喔！大哥哥一定會嚇一跳！所以呀，那個，我們馬上去森林把大哥哥——」

當她說到這裡。

我發現我的忍耐和浴池一樣，也有極限。

「呃……大、大哥……哥？」

看來就連頑皮的繆里也察覺我表情不對，她的耳朵變得癱軟，尾巴也無力下垂。羅倫斯捨不得認真罵可愛的女兒，但我就不同了。雖然沒有血緣關係，但我當她是親妹妹一樣呵護，有時候不罵不行。

「繆里。」

一聽我叫她名字，她就怕得縮起身子。

可是她仍是不懂我在氣什麼的臉，繼續怯怯地說：

「那……那個啊，大哥哥，等一下……跟我去森林，好不好？」

這種時候還想著玩，我都有點佩服起她了。真是太過分了。

我靜靜地看著她，說道：

「妳給我差不多一點。」

繆里已不是懵懂無知的幼童，而是聰明伶俐的少女，明白我冷冷這麼說是什麼意思。

她有如胸口被詛咒石弓射穿般僵住，茫然看著我。

「我現在有工作要做。」

她當我像親哥哥一樣喜愛，我自然是很高興，但不能永遠當她是小孩。

既然我也當自己是她哥哥，就有必要指責她的不是。

「我還要搬石頭，妳讓開。」

我更加無情地這麼說，蹲下搬石頭。那都是繆里要熊上中島比賽而弄垮的石堆碎片。就算繆里不幫忙搬，只要知道自己昨晚有錯而乖乖待在一旁，我還能原諒她。

可是，繆里捱了羅倫斯的罵之後，一大早就跑得不見人影。從她弄得一身髒看來，是跑進森林玩了一上午吧。

她母親赫蘿有時雖然也很貪玩，但年歲並未虛長，自知分寸。現在需要有人教教這頭活潑過頭的年輕銀狼一點規矩。

「……」

「……」

我不和繆里說話，繆里也動彈不得似的站在原地看我幹活。她很習慣被人大呼小叫，有時有人罵她反而高興，但是不喜歡被人冷落。平常，就算只是隨便應個聲，也會讓她很不高興。

當然，只要繆里認錯，表示一點反省的態度，事情就解決了。說實話，我也不是生氣，而是有點難過。別人在為她犯的錯受罪，她卻事不關己地大肆玩樂。我不希望繆里是這麼不懂事的女孩。

每當我叩一聲堆起一塊石頭，繆里的身子就縮得更小一點。即使不看她，我也知道繆里就快掉眼淚了。

她手在身前又握又放，站著不動。繆里捱羅倫斯罵時也會有垂頭喪氣的樣子，不過那是裝出來的。現在這樣，離演戲遠得很。

叩。我堆起一塊特別大的石頭，嘆著氣說：

「如果妳不想幫忙，就回房間去。」

然後好好反省。

繆里身體繃得她下垂耳尖的毛都在顫抖。不久，她點了頭。或許只是在淚崩之際強行忍住，身體稍微蜷曲也不一定。

無論如何，繆里失了魂般垂著頭，一步、兩步地後退。

中途一度停下，或許是期待我說些話安慰她吧。我繼續堆自己的石頭，繆里才死了心似的轉過身去慢慢走遠。

我爬出放乾水的浴池，往走向旅館的繆里背影望去，見到她的手不時往臉上抹。那模樣雖讓我心痛，但我想那是她成長的必經之路。

到了午飯時間，問她反省過了沒，她又會恢復平時那個活潑的繆里。

所以我繼續堆石頭，直到太陽爬到正上方，作業才終於告一段落。再來就是請來村裡的堆石

專家，請他在石縫間打幾片楔木，將它穩穩固定住即可。石頭也和經驗或者人際關係一樣，不是堆起來就行。

我喘一口氣，舒展舒展腰部與手臂的筋骨。喉嚨好乾，肚子也餓了。

赫蘿的葡萄乾麵包應該烤好了，配點蜂蜜酒來吃是再好不過。從愛喝酒的赫蘿見到這甜上加甜的組合，或許會擺出一張不敢恭維的臉。

這時，我想到旅館裡不一定還有蜂蜜酒。其原料蜂蜜本身就是極佳的調味料，也可用來防腐，並不便宜。再加上蜂蜜酒對一般酒饕而言實在太甜，在村裡製作的優先度較低。

蜜蜂要在這新綠時節才開始產蜜，若沒有事先保留，恐怕就沒得喝了。我邊想邊走時，赫蘿正好走出旅館。

「怎麼，肚子的蟲很準時嗎？」

可能是來叫我吃午餐。

「我是看太陽的位置啦。」

我指指天，赫蘿孩子似的跟著向上望，隨後拉回來點點頭。

「寇爾小鬼從以前就很愛講道理吶。」

「不要再叫我小鬼了啦。」

我苦笑著這麼說，赫蘿晃一晃她那條比繆里粗上一圈的尾巴。

「汝等這些人，不管幾歲都還是跟小鬼沒兩樣。」

被活了數百年的賢狼赫蘿這麼說，我也無法反駁。

「再說，既然汝認為自己不是小鬼了，又怎麼會吵架吶？」

淘氣的赫蘿總愛出謎語讓人想，不過話裡有個詞令人不解。

「吵架？」

聽我反問，赫蘿不太高興地抱胸說道：

「汝弄哭了咱可愛的女兒，要不是咱當汝是自己的兒子，嘴巴早就咬在汝頭上了。」

雖然長相和眼睛顏色都一樣，被赫蘿和繆里瞪的感覺截然不同。

她出來不是叫我吃午餐，而是要問這件事吧。

「呃，那是因為——」

我想說我讓繆里哭並不是無緣無故，但赫蘿卻無奈一笑，戲謔地伸出食指點在我胸口上。

「咱都知道。熊照繆里說的話做，結果弄壞了中島；汝等忙著重建，結果她自己卻往山上跑。連敦厚公正的汝也會發脾氣，也是情有可原唄。」

既然她都知道，為何仍用替繆里說話的語氣呢？

在這溫泉旅館中，赫蘿是對繆里管教最嚴格、最不留情面的人。唯有赫蘿的要求，繆里一句也不敢違背。問題就是，權威這麼高的赫蘿很少教訓她。雖然狼或許就是那樣教孩子，不過有時不得不替她著急。

因此，赫蘿一反前態替她說話，讓我一時摸不著頭腦。

「嗯……好唄，既然汝還不懂，就表示『小鬼』二字暫時是摘不掉嘍。」

就像黏在小雞屁股底下的蛋殼一樣。

賢狼溫柔地瞇起眼微笑說：

「繆里這孩子是很頑皮沒錯，但不是個傻子。」

「這……我懂。」

「而且，她可是非常喜歡汝喔。」

赫蘿揶揄我似的嘻嘻笑起來，不過我倒是沒懷疑過她對我的親暱感情。

「我也是啊。她是我很重要的人，所以我希望她能乖巧一點，有女孩子應該有的樣子。」

「嗯～」

然而赫蘿隨即露出聽不下去的臉，收回抵在我胸口的食指再加點力頂一下。

「咱們家的雄性老是亂想些不必要的東西，看不清問題在哪裡。」

接著不給我時間想那是什麼意思，轉身就往旅館走。

「赫、赫蘿小姐！」

「繆里哭得喉嚨都啞了，現在應該是哭累了，在睡覺唄。在汝等和好之前，都不准吃葡萄乾麵包。」

赫蘿這麼說完就進旅館裡了。

留下我一個愣在原地。

和好？

我和繆里又沒吵架，也沒什麼和好不和好的。我對繆里做的事，是為了讓她知道對錯，並不是欺負她。

原本如此肯定的我，在赫蘿用那種態度這麼說之後，愈來愈沒有自信了。

若真要教導繆里，鄭重說清楚她哪裡做錯了應該比較有用吧，而且實在沒必要用最傷害繆里的方式對待她。

那麼，我為什麼會那麼做呢？

慢慢撥開記憶的蒙塵後，見到的是底下純粹的感情。

我是希望繆里向我道歉。是非並不在我的考量之中，也不是要她再也不搗蛋，就只是要她向我道歉而已。

這麼說來，其實我對繆里跑去森林玩得再怎麼瘋也不怎麼在乎。畢竟她手臂那麼細，根本就無法幫忙堆石頭。在旁邊擺著一張苦瓜臉枯坐著，我看了也難受。

況且我自己也希望繆里能永保歡笑。

「……啊，我懂了……」

想起當時的情緒，我不敢置信地扶起額頭。

我只是覺得自己不受她尊重，生她的悶氣而已。

因此，我才會做出刻意傷害繆里的舉動。

十分珍惜繆里的我，平時就經常為她心痛了，結果她還那樣對我？如此私人至極的氣惱，沒有半分神所教誨的義理存在。

現在想想，那的確是吵架的表現。

不過繆里一句道歉也沒有還玩了一上午也是事實，事情也完全是繆里惹的禍，兩邊似乎不太對等。赫蘿這麼替繆里說話，感覺實在很怪。而且還兩邊都懲罰，在我們和好前不准吃葡萄乾麵包。難道說，她是想藉這機會表現自己身為「大人」的器量呢？那麼赫蘿應該是真心把我和繆里，甚至羅倫斯都當小孩子看吧。

我站在聯絡通道正中央歪頭思索。

總覺得有點不太對勁。

究竟漏了什麼呢……這麼想時，旅館正門傳來腳步聲。這時期不會有客人，多半是村民吧。

可是這位訪客沒有敲旅館的門，從腳步聲能聽出他毫不猶豫地改變方向，朝這裡前進。最後，一張熟悉的臉熟門熟路地穿過遮擋用的木牆縫隙。

「哇！」

入侵者錯愕地大叫，大概是以為不會有人吧。

「午安呀，卡姆。」

他是附近溫泉旅館的小孩，和繆里同年，常玩在一塊兒。

應該是來找繆里玩的吧，但他裝備相當多。肩上扛了根長棍，用繩子束起像是大麻袋的東西，斜背在肩上。最奇怪的是他攬在腹側，仍滿是葉子的針葉樹枝。

這身裝備到底是要玩什麼，看不出來。

「啊，是寇爾哥啊，午安。繆里她在嗎？我在家裡等她，可是一直等不到。」

「繆里啊？呃……」

我總不能說她被我弄哭，現在哭累了在睡覺，一時語塞。

不過「在家等」三個字引起我的注意。

「繆里約好要去你家玩嗎？」

「對呀，我們要去森林比較深的地方。爸……老爸也要一起去，所以我先幫他做完事，結果一直等到剛剛都沒看到人。」

改口說老爸，可以感覺到這年紀孩子的好強，令人莞爾。但內容有點蹊蹺。卡姆的父親也要同行？

以玩遊戲來說也太勞師動眾了。這時，我想起繆里來浴場時說的話。

就是啊！我在森林裡找到很厲害的東西喔！大哥哥一定會嚇一跳！

這樣厲害的東西，需要帶村裡的大人來處理。這麼說來，我只能想到正式的打獵，問題是那與卡爾的裝備不符。

接著，我想起繆里下一句話。

所以呀，那個，我們馬上去森林把大哥哥——

繆里究竟想去森林做什麼？

「總之，既然是繆里發現的，能請你告訴她就算她不來，我們也會留她的份嗎？要是被其他人發現說不定會先被拿走，要趕快去才行。」

卡姆重新背好滑掉的麻袋並這麼說。

「我也找了一陣子，但還是比不過大人。不過繆里敢去大人不敢去的地方，所以找到一個超大的喔！」

聽卡姆說得這麼開心，使我想起繆里興沖沖地跑來找我的模樣，也就是那副狼狽樣。

「那個，繆里到底在山裡找到什麼啊？」

胸中的鬱悶，是近似懊悔的情緒。

因為這問題的對象應該是繆里，而不是卡姆。

「奇怪，她沒告訴你呀？」

卡姆愣了一下，然後笑嘻嘻地說：

「就是一個巨無霸的蜂巢呀。她說想用來做蜂蜜酒，所以請我爸幫忙。」

卡姆的父親賽勒斯是村中數一數二的釀酒專家。說到這蜂蜜酒——

到了這個年紀，繆里也對大人做的事深感興趣，有機會就想喝點酒。不過，她這次的目的完全沒有值得質疑的地方。

繆里她確實反省過了。她知道自己犯了錯，可是無法幫我們堆石頭，光道歉又覺得不夠。所以竭盡所能想出自己能做的事，並付諸實行。

尤其她知道我最近特別愛喝蜂蜜酒。

為何我當時不先聽繆里說完呢。要是聽了，我一定會為她的心意感到十分窩心。

也難怪赫蘿會生氣。

如果我再多信賴繆里一點，就不會有這種誤會了。

「卡姆。」

「什麼事？」

我對那男孩說：

「我可以代她去嗎？」

卡姆愣了一下，接著老成地聳聳肩說：

「會被叮得滿頭包喔？」

正合我意。

若不會痛，懲罰就沒有效果了。

要摘蜂巢，得用布裹住頭和臉，以及所有會露出皮膚的地方。然後燃燒剛折下的針葉樹枝，以其濃煙驅趕發狂的蜂群，再拿長棍打下蜂巢，用麻布接起來封口並立刻開溜。

說起來是非常簡單。

不過到了傍晚才終於回「狼與辛香料亭」時，出來接我的赫蘿錯愕得不禁後退。

「……汝的男子氣概強多嘍？」

雖然笑得很僵，卻有著誇人有所成長的眼神。

「繆里呢？」

「在房間。那個傻丫頭還在哭哭啼啼的吶，應該是真的很傷心唄？」

而她的話儘管拐了個彎，但仍毫不客氣地指責我的不是。

「不過，看來汝已經有所行動了。」

赫蘿退向一旁，讓我進湯屋裡。我不禁猜想，羅倫斯和赫蘿之間或許也經常上演這種場面。

「啊，有件事我想請您幫個忙。」

「嗯?什麼事?」

「要請您試試味道。」

對「試試味道」很老實的赫蘿耳朵高高豎起，看向我手上抱的酒桶並笑開了嘴。

「小事一樁。」

到廚房做好各種準備之後，我就往繆里的寢室去了。

敲敲門，沒人應聲。

可能是睡著了，但我怕她還在哭，耳朵戰戰兢兢地貼上門板。

還滿靜的。

我再敲一次門並做個深呼吸，動手開門。

「繆里?」

稍微開出一條縫之後，我再喊她一聲。說不定會有枕頭或臉盆飛過來，或是被她臭罵一頓，留點時間比較好。

不過我沒感受到任何拒絕的意思，於是將門敞開，見到繆里從頭到腳包在被子裡，在床上縮成一大團。

「……」

縮成這樣應該是完全不想見我的意思，但感覺實在有點滑稽。

既然她不知如何面對我，踏不出和好的第一步，我這個作哥哥的就該主動靠近她吧。

「繆里。」

我再次喊她名字，被團扭了一下。

「夠了吧，不要再這樣了。」

我請求似的這麼說，圓圓被團的角落跟著開了一條縫。

「……明明就是大哥哥在生氣。」

雖然是不平的語氣，但聲音虛弱得稍微戳一下就會粉碎。

「我已經不氣了。」

我從書桌拉椅子到床邊坐下。

「可以出來讓我看一下嗎？」

「……」

只能看見她緊抓被子的手。

小小的，柔弱的手。

「……大…哥哥。」

熟悉的稱呼鑽出被縫。

「什麼事？」

「……對不…起。」

儘管已經聽習慣了，但仍有種第一次聽見的感覺。

「可、可是，那個，我，就是……」

「繆里。」

一聽我叫名字，急著想說話，聲音卻抖得似乎又要掉淚的繆里寄居蟹似的縮回被團裡頭。

我無力地輕嘆一聲，說：

「赫蘿小姐說妳都哭啞了，看來是真的呢。」

「……」

繆里嗓音枯乾，像是哭傷了喉嚨，我光是聽就難受得想咳嗽。可能是不斷地哭，哭到水分都沒了還繼續哭才會這樣。

我這是造了什麼孽啊。

繆里雖是摔下陡坡而弄得一身血也笑得出來的女孩，不過她小小胸口底下的心，是十分地柔軟。

「我拿藥來了，對喉嚨痛很有效。」

「……」

繆里稍微扭動，從殼底下露一點臉。

「赫蘿小姐試過味道了，保證不苦。」

我拿起手上小木碗裡的湯匙，再拌一拌後舀起一匙。

「嗯，好吃。」

我自己也試試味道，果然好吃。

應該沒吃午餐的繆里，立刻被這幾句話吸引。

「不要嗎？」

被我這麼一問，她再遲疑片刻後慢慢從被團底下探出頭來。

「……要。」

模樣有如大病初癒，頭髮平常不會弄得這麼亂，臉也哭腫了。

眼睛周圍更是又紅又腫，但沒有生氣，像死人一樣。

想到我就是始作俑者，心裡就好痛，不過還有挽回的餘地。

我將湯匙拿到繆里面前，哭累的她也毫不躊躇地張開嘴，含了進去。

緊接著，彎折的獸耳直挺挺地彈了起來。

「這、這不是……！」

繆里先是一驚，然後才發現我是什麼德性。

「啊，大、大哥哥，你的臉……」

「沒想到摘蜂巢原來這麼可怕。」

不管包得再密，蜜蜂還是找得到縫鑽進來螫人。

弄得我臉上到處是腫包，恐怕有一陣子是很難洗臉了。

「對了，藥好吃嗎？那是在蜂蜜裡加點薑汁和葡萄酒拌成的，聽說宮廷歌伶感冒喉嚨痛也會這樣吃。」

繆里在我的臉和手上的碗之間看來看去，終於破涕為笑。

「好吃。」

「那就好。」

「我還要。」

看來繆里已經恢復正常，但我當然不會訓她。

就只是再撈一匙，往她的嘴送，她也樂得尾巴搖來搖去。

「啊，可是吃太多的話你的就……」

「妳放心，我們從蜂巢裡刮出來的蜜多得嚇死人。而且這碗蜂蜜裡摻了葡萄酒，放久了可能整個變成酒，早點吃完吧。」

「……我想等變成酒以後再吃。」

「不可以。」

繆里嘔氣地嘟起嘴。已經完全是平時的她了。

不過，當她縮回鼓得很故意的臉頰而笑的那一刻，似乎又快要流淚，害我緊張了一下。

事實上，繆里也笑著擦了擦眼角。

「大哥哥笨笨。」

意思我就不深究了。

「真的很對不起。」

繆里聽了滿意地微微笑，張嘴討更多蜂蜜。這時，她露出注意到異狀的表情。

「怎麼了？」

就在我這麼問時，繆里毫無前兆地向前探身，在我臉頰親了一下。

還發出象徵性的「啾」一聲，刻意慢慢地後退。

見我傻在當場，她歪起頭對我微笑。她當然知道我遵從神的教誨，立過禁慾之誓，沒事就會逗我尋開心。

「繆里，妳是覺得自己很欠罵嗎？」

「我不是鬧你，是聽說把蜂毒吸出來會比較快好啦。這是治療。」

說一句頂一句。

而且她本來就是個超級搗蛋鬼。

「對了，手上的我自己是吸得掉，可是……」

繆里的手指慢條斯理地鉤上領口，用力把脖子往我湊。

「這裡也被叮了。」

她又白又細的脖子上的確有個螫痕。問題是她領口拉到很危險的位置，大展玉頸的模樣非常煽情，比蜂毒更毒。動作能這麼像樣，應該是來旅館表演的樂師或舞孃想逗她玩而教她的吧。

不過繆里畢竟是繆里，超齡狐媚只持續了那麼一瞬間，馬上就玩得不亦樂乎般大搖尾巴，更往前湊。

只要知道她還是平常的她，就容易冷靜對付了。我從胸前取出裝在貝殼裡的軟膏，往興奮地閉眼等待的繆里脖子輕輕一抹。

「這是賽勒斯先生分我的藥，聽說很有效喔。」

我故意對繆里做出大大的笑容，繆里沒趣地嘴抿成一線，吊起眉毛。

「討厭啦，大哥哥什麼都不懂。」

「我怎麼不懂，妳的惡作劇才逃不過我的法眼呢。」

「噗～！」

繆里嚷嚷一聲，對著我大張嘴巴。

「蜂蜜！」

雖然把嘴巴深處也露出來實在很難看，不過那倒是很適合繆里。而且，好像在哪裡見過。

我再舀一匙蜂蜜往繆里嘴裡送，她跟著要敲出聲音似的用力閉上嘴。這時我發現，那張嘴讓我想到的，一定是自己遲早會被她往頭上咬一口的預感。

「還要嗎？」

儘管如此，我還是不慌不忙地問。

至少美食當前的時候，繆里是樂得沒時間咬我。

「要！」

這是發生在繆里笑聲響亮，新綠時節傍晚的事。

狼與羊毛刷

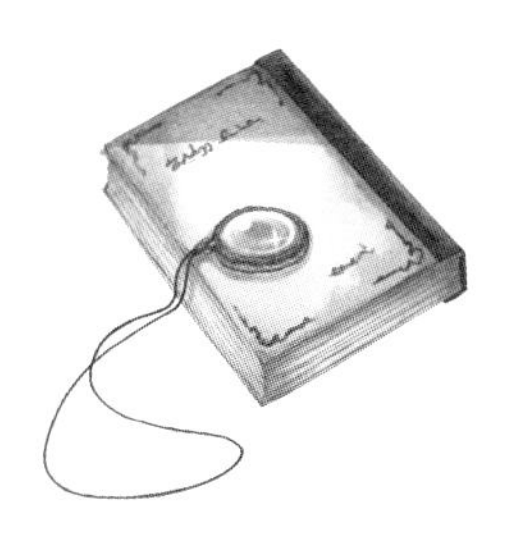

在深山溫泉鄉開設溫泉旅館至今，算起來已有十幾個年頭。換言之，比起獨立出來雲遊四海作生意，當旅館老闆的時間已經比較長了。

原來老了這麼多歲啊……羅倫斯感嘆地躺在馬車貨台上，望著天空。

「好了唄，大笨驢。汝要躺到什麼時候？」

這時，一塊毛皮帶著這句話蓋上他的臉。隔著氣味有如吸飽陽光的乾麥稈，又像燉蜂蜜那麼香甜的毛皮望著天，能看見經過仔細梳整的毛髮閃閃發亮。

「妳幫我駕一會兒車也無所謂吧，妳不是在旁邊看我拉韁繩好多年了嗎？」

在毛皮底下的臉這麼回答，結果被毛皮使壞地用力刷了幾下。

「咱是約伊茲的賢狼赫蘿。尊貴的狼才不會替馬拉韁繩吶。」

羅倫斯撥開臉上的毛皮，見到少女抱著胸，不服氣地低頭看他。

她有著亞麻色的頭髮和泛紅的琥珀色眼珠，以及與頭髮同色的三角大獸耳，跟一條在風衣下左搖右擺的毛茸茸尾巴。即使與她相識已有十多年，長相卻與當年絲毫無異。

因為自稱約伊茲賢狼的赫蘿並不是人，而是寄宿於麥子中的精靈一類，是狼的化身。

「……那妳等我一下。腰好痛……」

「唉……」

赫蘿刻意重重嘆息，鬆開手翻起行李。

「如果是雄性操勞的結果，那還有話講。」

並唏噓地側眼往羅倫斯瞄。

「那座城鎮的慶典都過了好幾天了耶？結果汝才坐一天駕座腰就痛得不能動，實在是太丟人嘍。」

最後她從布袋翻出的是一塊大麵包、奶油、乳酪和蜂蜜。

「喂喂喂，妳這是想一次吃完嗎……好痛，唔唔……」

那每一項都是他們住在斯威奈爾鎮這幾天，因幫助兌換商公會而得來的謝禮。前些日子，羅倫斯代表溫泉鄉紐希拉村來到斯威奈爾，協助他們舉行鎮上的大慶典。在這個稱作亡靈祭的慶典，各公會代表要設法空手捕捉在鎮中廣場狂奔的豬和羊，並交給團隊當場宰殺，相當豪邁。在狼所變成的赫蘿幫助下，羅倫斯交出了非凡成績單，但始終是戰勝不了歲月的侵蝕。

慶典期間，肌肉和關節是一天比一天痛。以為終於能正常走動了之後啟程回家，卻落得這副德性。

「汝這大笨驢就乖乖歇著吧，咱自己要在這享受一會兒。」

說完，赫蘿就準備享用她胸前大到要用兩手捧著的大麵包。不過沒有撕成小片，而是直接抹

上奶油。在溫泉旅館，為了顧及獨生女繆里的教育以及客人的眼光，她的舉止會再端莊一些，但這裡是誰也不會看見的林邊車道。

塗上一層厚厚奶油後，赫蘿大口一張，咬了下去。

即使麵包皮碎屑掉個不停也不撿，她吃得是尾巴猛搖，好不痛快。

「真是的……」

羅倫斯自知說再多也沒用，只好放鬆力氣望著天空發愣。

在赫蘿咬下三口麵包之際，她也撕了一塊送到羅倫斯嘴邊。只是那一塊真的很小，羅倫斯只好告訴自己不是她吝嗇，而是為了方便入口。

鹹滋滋的奶油，加倍突顯了小麥麵包的甜味。

羅倫斯一面望著天空一面嚼，一口嚥下去。天氣晴朗，沒什麼風。

偶爾這樣過其實也不壞。

「現在這樣，會讓人想起從前吶。」

幾隻小鳥從草原飛向森林。赫蘿像是受到振翅聲的牽引，抓著裝葡萄酒的皮袋喃喃地說。

看來她那麼說不是因為大白天就這麼縱情地喝醉了的緣故。

「妳還想旅行嗎？」

從事旅行商人的羅倫斯，是在四處駕車做生意的途中邂逅赫蘿，並在為她尋找故鄉的路上，遭遇了好幾次令人頭昏眼花的騷動。

雖覺得她和當時一點也沒有變，不過現在從底下看起來，果然還是多少有點變化。

赫蘿低下頭苦笑。

「大笨驢，怎麼會吶。」

她站起身，撥去滿裙子的麵包屑，伸個大懶腰。

眺望周圍景色時，嘴角漾起滿足的微笑。

「咱喜歡每天都有溫泉泡的地方。那可是咱蓋的旅館吶。」

再次低頭時，赫蘿咧嘴笑出虎牙。

羅倫斯瞇起眼，並不是因為陽光刺眼。

「有溫泉能泡，腰痛也會好得很快吶。」

「就是啊。況且現在夜裡還很冷，打野宿可不好受呢。」

出太陽的時間還算溫暖，可是森林暗處仍有不少積雪，日落之後轉眼就冷得嚇人。若沒有赫蘿的尾巴，根本就不能睡。

「要是因此感冒可就得不償失了。為了接夏天的客人，還有好多東西要準備，而且有新人要來了。得另外準備一個房間，工作怎麼分配也要重新想過呢。還是早點回去早點處理來得好……

呃，怎麼啦？」

羅倫斯檢查待辦事項到一半，忽然發現赫蘿在瞪他。

不像生氣，而是凍傷的腳趾發癢卻搔不到的臉。

「沒什麼。」

說著，頭用力甩向另一邊。

羅倫斯愣愣地盯了赫蘿的側臉一會兒，終於明白那是怎麼回事而不禁苦笑。

「喂，妳還不能接受啊？」

赫蘿看也不看羅倫斯。

「汝在說什麼東西？」

竟然還裝傻。

「真是的……」

雖然無奈卻無法忽視，是因為赫蘿一半是開玩笑，但仍有一半是真心。待在斯威奈爾參加慶典這幾天，他們遇到了意想不到的人。原以為他們要直接搶溫泉鄉紐希拉的生意，使得眾人議論紛紛，結果他們的真面目居然是非人之人，而且既不是鳥也不是兔子或羊，偏偏是狼。

他們原本在南方以當傭兵維生，後來偶然得到一張許可證，想在那塊土地打造一個溫泉鄉以安身立命。或許是預料中事吧，這張許可證引起了一些麻煩事，最後是由羅倫斯協助他們解決問題。

但就在以為事情圓滿結束後，羅倫斯才想起自己為刻劃這圓而割去的「角」。

他們之中的一個，無論如何都不能住在那裡。

所幸幫助他們的人開了間溫泉旅館，而過去支撐旅館勞務的老實青年，和成天調皮搗蛋卻還是會做點家事的獨生女一起離家遠遊，正為人手不足所苦。只要僱用她，雙方是皆大歡喜。

若要挑個問題，就是那個人的外表是個年輕女孩。而女孩是狼的化身，似乎也讓赫蘿有點不太高興。

然而羅倫斯已經說好僱用這個女孩——瑟莉姆了，赫蘿也不能隨便趕人。不然她會無家可歸，又被迫與她從南方迢迢而來的兄長幾個分開。非人之人要獨自住在陌生城市相當困難，赫蘿對孤獨又比他人敏感得多，以致於沒有反對僱用瑟莉姆。現在這樣，可能是狼的地盤意識在她理性底下偷偷作祟。

「我不會因為人家年輕就跟她怎麼樣啦。」

這種話羅倫斯說了好幾次，可赫蘿就是無法由衷接受。

「大笨驢，咱才不是擔心那種事。」

赫蘿說是這麼說，但羅倫斯知道多少還是有那麼點關係。這讓他很想藉這個機會，闊論自己對赫蘿的愛是多麼堅貞不渝。話說回來，赫蘿連掉在兩座山谷外的手套都可以聞得出來，自然比誰都更清楚在這個屋簷下，沒有任何事能瞞過她。

因此，那與道理無關，是情緒的問題。

這樣的赫蘿，讓羅倫斯覺得可愛極了。

因為賢狼赫蘿只會在他面前表現出滑稽的樣子。

「……汝在偷笑什麼？」

被那雙冷冰冰的眼一瞪，羅倫斯立即轉頭。

要是在這時節惹赫蘿生氣，就得在寒夜裡一個人睡了。

「不管怎麼說，等我們接瑟莉姆進來，忙碌的夏天就要到了，我才沒時間亂來呢。」

「……」

赫蘿嘟著嘴不說話。若是平時，羅倫斯已經摟住赫蘿，說著：「好嘛好嘛～」哄她了，可是現在腰很痛，連那種事都做不到。為此唏噓時，赫蘿靜不下似的抽動獸耳和尾巴，凝視遠方。

「就說咱不是擔心那種事了嘛。」

赫蘿難得地含糊嘟噥後，抓起風衣兜帽重新蓋好頭。覺得奇怪時，遠方依稀傳來嬰兒哭聲似的聲響。

這種路上哪來的嬰兒？羅倫斯這個疑問，隨即從後來的獨特鈴聲獲得解答。

赫蘿不高興，或許是因為老早就發現他們的存在也說不定。

那是和由狼化成的赫蘿相排斥的行業。

牧羊人。

「大笨驢。」

赫蘿留下不知對誰說的牢騷，用毛毯蓋住頭裝睡去了。

喀啷喀啷。牧羊人繫在手杖頂端的鈴搖出略顯沉鈍的聲響。他們就是以這樣的杖為身分證，在城外養羊。

據說他們得日復一日地趕羊去其他地方，還得時時擔心羊隻逃跑、遭野狗襲擊或被竊，晚上很難睡得安心，是一種非常辛苦的工作。再加上他們久久才會回一次城，總會被當成外地人。

更糟的是，由於一般人不容易認識他們工作的樣子，很容易遭受誤解。甚至有人以為他們懂得野獸的語言，能和牠們溝通，且熱衷於許多瀆神的行為。從前旅途上，就有個牧羊人的女兒受過這類偏見。

他們可以依靠的夥伴，大多是一隻牧羊犬。牧羊犬會協助集中羊群，不時和主人聯手驅趕賊人，或打退覬覦羊的狼。對於狼的化身，特別愛吃羊肉的赫蘿而言，沒有比牧羊人更討厭的了。

羅倫斯明白赫蘿裝睡，是要他自己去應付牧羊人的意思。於是他忍著腰痛坐起身來，並為眼前畫面揉揉眼睛。

因為那實在很稀奇。

「感謝神的指引！旅人啊！」

牧羊人在一小段距離外停下來，大聲吶喊。牧羊犬也跟著大吠一聲，使羊群停止移動。數量很多，不是十幾二十那麼少，真的是大型羊群。不僅量大，這些下半身沾滿泥巴的羊各個又圓又胖，看起來十分健康，表示牧羊人技術優秀。

頭髮斑白、蓄了山羊鬍的友善牧羊人，就站在叫個沒完的活潑羊群前。

但不知為何，他把牧羊犬扛在肩上。

「我是牧羊人，叫霍拉多！」

牧羊犬有著紅褐色長毛，扛在肩上還以為是霍拉多的頭髮。

自稱霍拉多的牧羊人臉上皺紋頗深，看來年紀不小，這樣扛著狗感覺特別奇怪。

「我是旅……咳咳，我是克拉福．羅倫斯，在紐希拉開溫泉旅館！有什麼事嗎！」

為了不讓羊叫聲蓋過我的聲音，我也扯開喉嚨喊話，而霍拉多似乎得到答覆就已十分感激，深深頷首。

「能在這遇到羅倫斯先生您，實在是神的恩典啊！如果您願意可憐我，可以請您送我到斯威奈爾一程嗎！」

這麼說完，霍拉多晃晃身子，調整肩上牧羊犬的位置。牧羊犬雖乖乖讓他背著，眼睛卻毫不鬆懈地盯著羊群。

「我們剛離開斯威奈爾，正要往北走呢！」

斯威奈爾離這有點距離，恐怕無法在日落前趕到。若不想在這季節野宿，就該繼續北行，在路上找間旅舍過夜才妥當。

「噢……這樣啊……」

大概是期盼能遇上順路的人吧。

霍拉多顯得很失望，肩上的牧羊犬差點滑下來。

「出了什麼事嗎！」

牧羊人不是不會和旅人交流。有些人相信牧羊人擁有類似魔法的力量，在路上遇到了會請他們祈禱。有的牧羊人也會主動詢問能否提供幫助，以賺取外快。

不過霍拉多沒那種感覺，羅倫斯也是第一次見到扛著牧羊犬走的牧羊人。

「我這夥伴不小心踩中尖石，受傷不能走了！」

羅倫斯這才注意到，霍拉多扛在肩上的牧羊犬右前腳裹著布。

「這……」

他過去也是居無定所，四海為家的旅行商人。要是在那種時候，堪稱唯一聊天對象的拉車馬受了傷，心裡會作何感想呢。

羅倫斯心裡一悶，視線垂落貨台。

狼之化身正裹著毛毯鬧彆扭。

「赫蘿……」

對話她應該全聽見了，也能從羅倫斯的語氣聽出他的意思。

這時候雪還沒融光，路上的雪融了又凍，弄得一片泥濘。在這狀況下，賴以維生的牧羊犬又在前不著村後不著店的地方弄傷了腳，走不動了。

怎能見死不救呢。

「可能要野宿喔……」

羅倫斯的手略帶猶豫地撫上毛毯。沒有凶猛的狼齜牙咧嘴地跳出來，只有將毛毯鼓得圓圓的毛茸茸尾巴搖動幾下，並丟出一句話。

「要是冷了，汝會想法子替咱暖暖身子唄？」

赫蘿的意思，是到時候她想喝從斯威奈爾採買的蒸餾酒。

「要是妳醉倒了，我也會弄得妳服服貼貼的。」

「哼。」

從音調聽來，是成交了。

「霍拉多先生！」

霍拉多正在關切夥伴傷勢，隨這一喚抬起頭來。

「我就送您一程吧！」

霍拉多立刻展露笑容。

「非常謝謝您！」

「那麼，送到鎮上就行了吧！」

窩在他腳邊的赫蘿還很刻意地按住耳朵，不過一部分是因為羊群叫得愈來愈吵吧。

「不了，我剛想到一件事。要是讓您送我去鎮上，我沒有東西能報答您！」

不需要這麼客氣。才想這麼說，霍拉多先開口了。

「所以，能請您幫我看一下羊嗎！」

「看羊？」

羅倫斯不禁自囈似的反問。

難道他要在這段時間自己扛著夥伴跑到鎮上嗎？

「我想起有一個舊識住在那裡！」

霍拉多這麼說，遙指羅倫斯背後。

該不會這是圈套，已經有山賊繞到背後，準備夾擊吧。這想法使羅倫斯背脊一涼，不過赫蘿不會沒察覺。家裡最強的看門狼，正在毛毯下按著耳朵嘟嘴鬧情緒。

「我認識燒炭場的炭工，這時候他應該在那裡！我把夥伴交給他照顧就好了！所以想請您幫我看一下羊！」

無論牧羊人技術再怎麼好，帶這麼大群的羊進森林肯定不會平安無事。不如就替牠看個羊，這樣或許還來得及在日落前趕到下一間旅舍。

「就這麼辦吧！」

霍拉多釋然一笑，撥開羊群走近。

紅褐色毛髮的牧羊犬不安地回頭望望羊群。

最後死心地轉回來，看向羅倫斯。那是雙有靈性的深褐色眼睛。

「願神祝福羅倫斯先生。」

「別客氣，我原本就打算在這待一會兒。」

「原來……」

霍拉多來到貨台邊，注意到赫蘿後領會地點點頭。

「遠遠看，還以為是個小伙計呢。真是給您添麻煩了……」

「別誤會，我是這幾天參加斯威奈爾的亡靈祭，現在腰很痛想休息休息。」

霍拉多聽得一愣，表情尷尬地張著嘴，不知該不該笑似的。

「對了，霍拉多先生。」

羅倫斯問：

「您不怕我帶著羊群跑掉嗎？」

霍拉多不改曖昧笑容，以偏藍的眼注視羅倫斯。

感覺上，無論日子過得多麼辛苦，他都會用這樣的表情目送夕陽。

「說也奇怪，我每天看著這些羊，倒也慢慢看出了一雙能夠識人的眼睛。」

羅倫斯聳肩點點頭。

「而且路上這麼泥濘，森林裡又都是雪，就連那邊的草原也還有一大片雪。至少在春天到了之前，我怎麼樣也不怕追不到您。」

一點也沒錯。

「那麼，這些羊就暫時交給我吧。需要水嗎？想喝葡萄酒也行。」

「謝了，我喝點水就好。」

羅倫斯從行李取出皮水壺，霍拉多跟著取得羅倫斯同意後，將夥伴放上貨台，接過皮水壺喝了一些，並盛一些在手上給夥伴喝。牧羊犬搖尾喝水之餘，不時查看毛毯底下赫蘿的動靜。

「那我這就走了。燒炭場沒有多遠，不帶羊的話很快就能回來。」

說著，霍拉多又將夥伴扛上了肩。

「要是那位燒炭工不在或找不到人，我就當作是神的意旨，送你去斯威奈爾吧。」

霍拉多感動地注視羅倫斯，低頭致謝。

接著毫不遲疑地撥開樹叢進入森林。

「好啦。」

羅倫斯拿起倚在貨台上的牧羊杖喃喃自語。

「雖然只是暫時，這麼大群羊，我管得動嗎……」

咩咩叫的羊群一見管束他們的霍拉多和其夥伴離開，立刻像鐵箍鬆了的酒桶，開始分散。

羅倫斯想站起來，全身關節卻痛得他哀聲連連。

「唔唔……可惡，受不了。」

但他相信動起來以後就會多少好轉些，抓住貨台邊緣要下車時，手杖卻忽然被搶走了。轉頭一看，赫蘿沒好氣地拿著手杖。

「汝還真是討厭。」

「咦咦？」

「咱可不是吃飽睡睡飽吃的窩囊廢。咱是汝的什麼人呀？」

羅倫斯還記得，自己行商時期也被赫蘿這麼問過而說不出話來。

那是走路只看著腳邊，真心希望神會保佑他撿到幾個零錢的時期。他不敢相信眼前就是顆巨大的寶石，沒膽伸手拿。

不過，現在就能大方說出口了。

「妳是我最驕傲又可愛的太太呀。」

赫蘿瞪大眼睛，耳朵和尾巴拍到能發出聲音。

「大笨驢。」

「不然是什麼吶。」

赫蘿輕盈跳下貨台。或許是因為身材瘦小，牧羊杖看起來特別大，別有一番趣味。

然而，原以為赫蘿瀟灑下車後就會開始領羊，結果她忽然掉頭踩上車輪，上半身往貨台伸。

「怎麼啦，找什麼？」

翻找行李的赫蘿表情迫切地說：

「尾巴會沾到泥巴啦！尾巴的套子有帶來吧！」

其實赫蘿在這幾年也變了不少呢。

可能是太寵她的緣故吧。羅倫斯沒有說出口，只敢在心裡想。

牧羊人常會被人譏為人與野獸生下的孩子。這也許是因為他們絕大多數都在山野間過活，讓居住於城鎮的人感到神祕所致。

然而，只要見過一次牧羊人的技術，就能發現這糟糕的偏見其實是來自於某種驚嘆。

因為他們只靠揮舞一枝手杖，就能任意操控羊群的動向。

「喂！就是汝！不要跑！」

喀唧喀唧。杖頭響起粗暴的鐘聲。赫蘿不太像是揮杖，比較像是抓著一條救命繩。一顧右邊，左邊就想走；往左邊一瞪，右邊就趁機開溜；兩邊一起罵，結果還有羊肆無忌憚地想從正面遠走高飛。

赫蘿東奔西跑忙得團團轉，弄得整條小腿都是泥濘。

「這些……蠢羊……！」

最後還抓住眼前一頭羊的脖子發脾氣。被咬牙切齒的赫蘿抓著，這頭倒楣的羊求饒似的叫了一聲。不過羊群實在很大，周圍的羊一副事不關己地各走各的，就是不肯乖乖待著。

羅倫斯原以為赫蘿是狼的化身，管羊是輕而易舉，而她自己多半也是這麼想吧。

但結果顯而易見，完全不是那麼回事。

「呼……呼……」

赫蘿趕得氣喘吁吁，甚至乾咳起來。沾滿泥巴的風衣下襬底下，尾巴套脹得都要撐破了。儘管羊被赫蘿一瞪就會乖乖聽話，然而眼睛一離開就馬上忘了。

既然人只有兩隻眼睛，實在無暇他顧。

「赫蘿，妳還好嗎？」

羅倫斯看不過去而出聲慰問，結果連他也被瞪了一眼。

若問她要不要幫忙，就得為傷害她自尊付出代價了吧。

「嗚～～～為什麼都不聽話！」

赫蘿氣得手杖往地上一插，而羊群仍不停往四面八方流散。

咩～咩～叫聲不絕於耳，似乎也加劇了她的煩躁，能明顯看出她兜帽底下的耳朵高高豎起。

在深呼吸下身體彷彿脹大了一圈後，她說了一句非常恐怖的話。

「是不是想見識見識咱的厲害啊？」

她不會真的想現出真身吧？羅倫斯不禁一怔。

雖然她現在看起來只是個十來歲的瘦弱少女，實際上卻是比人高上數倍的巨狼。要是變成狼形對羊群發狠，別說羊群會嚇得發抖了，搞不好會當場嚇死。

在每座城鎮都急需補充物資的這個時期，死了一頭羊就是嚴重的虧損。「冷靜點啊。」貨台上的羅倫斯對赫蘿的背影祈禱般的說。

「……唔……嗚嗚。」

這時，他發現赫蘿的肩在顫動。

起先以為是吸鼻涕，但不太對勁。

正想喊她時，赫蘿要甩開不快似的揚起手杖。

「不要動！」

三頭結伴離群的羊立刻定在原地。

果然瞪著眼睛說話，牠們就會聽。在斯威奈爾的慶典上，羅倫斯也是靠赫蘿的這種力量才奪下冠軍。或許就是因為如此，赫蘿現在才特別氣惱。

而且，她的樣子真的很不對勁。

這次明顯地吸了鼻涕，用空著的手擦擦臉。

「赫蘿？」

這一喚使她猛然一抖。

羅倫斯也同樣吃驚，彷彿見到挨罵的孩子。

她該不會以為自己勢在必得地搶走手杖卻管不好羊就會挨罵吧？這反而讓羅倫斯有點傷心。

他可不認為自己心胸這麼狹窄。

然而赫蘿身體又縮得更小，兩手都緊抓在手杖上。

不會吧？不會真的是那樣吧？

羅倫斯自己都想哭了。但就在開口安慰她時——

「咱、咱才不是……白吃白喝的飯桶。」

那聲音好細小，讓羅倫斯希望是自己聽錯。

平時那威風凜凜，凡事從容不迫的赫蘿，現在背影小得可憐。

「我又沒那樣想。妳怎麼——」

說到這裡，羅倫斯終於想起一件事。

那是在斯威奈爾的一段對話。

他們曾和掌管斯威奈爾的米里，討論能否僱用來自南方的狼族到紐希拉工作。同樣也是非人之人的米里，見到赫蘿對僱用瑟莉姆他們的態度消極時，說了一句揶揄的話。

——是因為有同族在，就不能放蕩地白天喝酒睡大覺嗎？

赫蘿是個愛面子又固執的人，在獨生女繆里或寇爾面前就會規規矩矩，擺出母親及一家之主的樣子。可是那層皮底下，卻是比搗蛋鬼繆里更纖細，有點內向的少女容顏。

而且赫蘿很容易往負面方向想。或許是獨自活了一段讓人想像就頭暈的歲月，不得不凡事都靠自己決定所造成的弊病，有些部分先入為主的想法很重。雖然有時有助於快速解決問題，但常會在意想不到的地方栽跟斗。

現在就是如此。

羅倫斯按著疼痛的腰，搖搖晃晃地站起，咬牙爬下貨台。羊群仍不斷咩咩叫，愈走愈散。

他放下羊群，從背後緊緊摟住也快散了的赫蘿。

「不管瑟莉姆再怎麼勤勞都無所謂，妳愛在暖爐前喝多少酒就喝呀。」

可能是想做點榜樣給新人看，但自己以往過得實在太悠哉，一想像自己工作的樣子就失去自信了吧。

「妳每天賴床，三不五時就到廚房找東西吃，有空就保養尾巴的毛，我卻都沒說過妳的不是，就是因為知道妳把自己的工作都做好了呀。」

若將紐希拉的溫泉旅館視為一個族群，那麼羅倫斯認為赫蘿的地位在他之上，也明白她表面上什麼也沒做，實際上仍確實守護著這個族群。

只有赫蘿管得動調皮搗蛋的繆里，老實的寇爾操勞過頭時，只要赫蘿板起臉叫他休息，他就會乖乖休息。找東西吃的時候，也會向全權管理廚房的漢娜轉告羅倫斯交代的事。

當羅倫斯因旅館經營不順而顯得沮喪不安時，她也會像填補危牆縫隙的小樹枝，穩住羅倫斯的心。

這就是溫泉旅館「狼與辛香料亭」的運作方式。羅倫斯不會因為新人瑟莉姆的加入，就要赫蘿劈柴燒火，給乳酪抹鹽巴，那些事情交給其他人做就行了。家裡只有赫蘿能統率整個族群，只要她做好份內工作，羅倫斯不會有半句怨言。

若要挑個問題，就屬赫蘿自己不太喜歡站在頂點吧。

因為這個緣故，才會有現在這種事。

假如她喜歡居上位，那就不會因為瑟莉姆的加入而慌了手腳，也不會死腦筋地認為自己該怎麼做才對了。而是會捲起袖子，等著調教這個小丫頭。

「對不起喔，我都沒注意到。」

羅倫斯也握起赫蘿手中的牧羊杖，但沒想到她仍有抵抗。

「嗚……不、不能讓羊決定誰來管牠們。」

赫蘿也真不是普通地固執，到現在還放狠話。

這比說「我沒事」來得更讓人安心多了。

「話是沒錯啦……可是羊群都四處散開了耶。」

羊開始各自往不同的方向走了。

既然赫蘿一個人忙不過來，多一個人幫忙總行了吧。羅倫斯心想。

「來，手杖給我。妳有狼的威嚴，不需要這個吧。」

不過赫蘿還是不放手。

「……那隻狗都做得到……憑什麼咱……」

接著如此低語。看來她是賭上了狼的自尊，不想輸給狗。

「雖然說牧羊犬還是狗，但那就是專家的技術吧。」

那隻紅褐色的狗，即使被霍拉多扛在肩上也依然做好牠的工作。不管怎麼想，這當中一定有

其祕訣。而赫蘿也偶有似乎管住羊群的時候，或許真有些道理在。

「真的很不可思議呢，就連我在貨台上看，想一隻不漏地看住所有羊都沒辦法。可是那隻牧羊犬如果腳沒事，明明視線比羊低也能管住整群羊。」

既然狗的視線比羊群低，那麼照道理來說，牠看不見整個群體。

而牠卻依然能統管羊群，導向所需方向。聽起來像魔法，但沒有那種事。

所以是為什麼呢？

羅倫斯歪頭思索，忽然有個靈感。對了，既然是群體，那也是當然的吧。

「赫蘿啊。」

赫蘿隨這一喚轉頭，臉像個剛嗚咽過的少女，而她確實是剛嗚咽過。羅倫斯用拇指腹替她擦擦眼角，說出他的想法。赫蘿是有點懷疑，但也認為有一試的價值。

於是拿著手杖踩上車輪，站到貨台邊上。

且睥睨我行我素的羊群，用力挺胸大吸口氣。

接著喊出一聲：

「大笨羊！」

不用狼嚎，是怕霍拉多聽見而急忙趕回來。

所有羊的反應都一樣，聽見狼的叱喝就全都抬起頭來，慌慌張張地想盡快逃到安全的地方。

可是大多不知該往哪去，只是互相推擠，咩咩叫個不停。

而牠們的視線，全集中在群裡的某個角落。

盯著某頭羊，想配合牠的步伐。

「找到了，就是汝！」

赫蘿揮杖指向牠。那頭羊體型並沒有特別大，外觀十分普通，但一被指著就乞憐般咩咩叫，周圍的羊也立刻緊張起來。

這頭羊，就是這群體的首領。即使是烏合之眾，也有明確的階級關係存在。只要掐住首領的脖子，就能控制整個群體。

赫蘿指著羊向右畫弧，被狼盯住的羊也不得不從。羊群首領一小步一小步地移動，其他羊立刻跟上，帶動整群羊，讓人看了好不痛快。

「呵。」

赫蘿像是從地獄爬上天堂，在貨台上得意微笑，滿面春風。只要懂得竅門，赫蘿不一會兒就上了手，甚至只用下巴就能指揮羊群在原地繞圈散步。

後來可能是怨氣散盡了吧，赫蘿終於跳下貨台，這時光是瞄一瞄就足夠操縱羊群了。

「咱偶爾也該換個角度想想吶。」

羅倫斯聳聳肩，赫蘿自嘲意味濃厚地笑。

「盯著同一隻羊太久，眼光變僵也是沒辦法的事。」
說完，赫蘿往羅倫斯懷裡鑽。
「我以後只要看同一隻狼就好，輕鬆多了。」
「敢看別的狼，看咱怎麼教訓汝。」
「那還用說嗎。」
羅倫斯摸摸赫蘿的頭，感嘆地吁一口氣。
「可以放心僱用瑟莉姆了吧？」
赫蘿抱著羅倫斯深深吸氣，然後憋住。
「她跟妳一定合得來啦。」
「大笨驢。」
吐出憋住的氣之後，赫蘿笑著說：
「咱又不是小孩子。」
就是說啊。羅倫斯聳聳肩，赫蘿也笑呵呵地往他蹭臉。
羊群們嫌肉麻似的咩咩叫，慢慢地繞圈走。
爾後霍拉多順利將夥伴寄放在燒炭場，領回了羊群。雖然羅倫斯腰還在痛，但時候不早，該出發了。

直到霍拉多和羊群全數離去，他坐上駕座，手握韁繩。

「來，回家吧。」

「嗯。」

身旁的赫蘿以平時的調調回答。

她毫不在意自己一腳是泥，頭輕輕倚上羅倫斯的肩，開心地搖尾巴。

這是發生在冬寒盡散之際的事。

能感到新的一季正要開始。

狼與辛香料的記憶

天氣真好。

在冬季，這樣的晴天代表夜晚特別冷，可是現在氣溫一天比一天暖，舒服極了。穿著厚衣曬太陽，不一會兒就一身薄汗，這種時候就要找遮蔭避一避了。流連在陰影中的冬天冰涼涼地，令人很是暢快。某些地方土裡還有霜柱，踩起來喀喀作響，為這時節提供一點小娛樂。

於此舒爽天氣中，咱在沒有客人的溫泉浴池邊忙著鋪草蓆。

剛從山裡採回，到處沾附冰霜的野菜在草蓆上堆成小山。由於這種菜只吃頂端的嫩芽，要一個個摘下來放在簍子裡。剩下的全部曬乾，當作馬或羊的飼料。嫩芽會與其他野菜、雞骨和生薑燉成清湯，冬天只能吃醃魚醃肉而弄壞身子的人喝了，都是讚不絕口。

第一次嘗試時，還以為是給兔子喝的湯。不過習慣之後，野菜的口感與雞骨油脂的細微清甜卻令人回味無窮。在寒意依然濃厚的夜裡，喝這樣的薑湯暖暖身子也不錯，再加點比較烈的蒸餾酒就更完美了。糟糕，口水要流出來了。

咱一邊這麼想，一邊從右側拿野菜摘取嫩芽放進簍子，剩下的往左邊丟，然後不斷重複。還有好多其他工作在等著呢。

或許是作業單調配上暖和的陽光，睡意一下子就來了。

好幾次昏昏沉沉地閉上眼，頭跟著往下掉。接著揉揉眼睛，打個呵欠。

寧靜安穩的早春氣氛或實在太過悠閒，甚至有點無趣。

「赫蘿小姐。」

突來的一喚嚇得咱睜開眼睛。看來是夢到自己還在工作了。轉頭一看，有個女孩站在身旁。

身形單薄，髮色又算不上銀，比較接近白，有種站在陽光下就會蒸發的虛幻感。

她是溫泉旅館「狼與辛香料亭」的新雇員——瑟莉姆。

原本是預定夏季才上工，結果還是提早住進來熟悉環境了。

「嗯唔……不小心做了個壞榜樣喔～」

聽咱開自己玩笑，瑟莉姆眨眨眼睛，尷尬微笑說：

「羅倫斯先生說您一定在睡覺，要我來叫您……」

「什麼？」

原本還想說「那個大笨驢」，但先被大呵欠打斷了。

咱的伴侶平常大事都注意不到，就是對這種無關緊要的事眼睛特別尖。

用大呵欠嘆氣，讓瑟莉姆看呆了眼。

「呼啊……呼。抱歉……這種時候真的會讓人很想睡。」

閉上眼，甩水似的抖動耳朵和尾巴，睡意已經退了點。

見到咱想睡得不得了的樣子，瑟莉姆率直地發笑。

這女孩個性比較一板一眼，能這樣稍微放鬆感覺剛剛好。

「那他找咱是什麼事呀？」

「先生說差不多要吃中餐了，要我來找您。」

「唔，要中午啦？汝跟他說，咱馬上過去。」

「遵命。」

瑟莉姆就此默默低著頭，不久，咱發現她原來是在看咱。

「赫蘿小姐，您是不是被葉子割傷啦？」

「割傷？」

這野菜很軟，不是會割手的東西，咱也沒用刀具。

「是的，有點血味……」

聽瑟莉姆怯怯這麼說，咱疑惑地查看全身，並在抬起手臂時發現了血味來源。

一隻又圓又胖，好像會晃出聲的血蛭吊在咱手腕上。

「唔，是這傢伙唄。」

睡意與野菜上的結凍晨露，讓咱完全沒發現。真是個貪吃的東西，就像發現大餐的繆里一樣，怎麼也不肯鬆口。當咱想用手拔下固執的血蛭時，瑟莉姆制止了咱。

「赫蘿小姐，不能拔。請等一下，我拿火來。」

瑟莉姆快步跑回旅館。拿枝仍有餘燼的木柴烤一下，血蛭馬上就會掉了。

「……瞧汝這蠢貨，害咱們的新人多費這種心。」

屈指一彈，圓滾滾的血蛭跟著晃了晃。

瑟莉姆身形單薄，原以為是見到血蛭就會昏倒的那種類型，結果根本不是那麼回事。既然她說在南方時，和同伴都是有一餐沒一餐，靠傭兵工作餬口，心理素質或許堅強得很唄。而且鼻子也很靈。

瑟莉姆和咱一樣是狼的化身，人形只是偽裝。幸虧在旅館的新雇員面前不用隱藏耳朵尾巴，省了不少事。

不過當初在決定僱用瑟莉姆時，咱對新人加入其實相當不安。說起來也真丟臉，咱擔心自己的地位會遭到威脅。

所幸那全是多慮，咱反而還覺得瑟莉姆太崇敬咱了點。

沒多久，瑟莉姆帶著燒紅的柴回來烤血蛭。血蛭立刻鬆口，被咱扔進山裡。

「要把吸掉的份在午餐上吃回來才行喔。」

瑟莉姆回以微笑，抱起整堆野菜莖。

「那我先把這些拿去曬了。」

「麻煩啦。」

這新人實在很勤快，之前還擔心旅館一次少了兩個年輕人手會忙不過來，這麼一來應該能照常攬客了。

想著想著，再伸個大懶腰，背脊喀喀響。

「好，吃飯吃飯。」

被早春陽光曬得蓬鬆的尾巴，也搖得沙沙響。

「妳覺得瑟莉姆怎麼樣？」

當晚，伴侶在寢室書寫之餘頭也不回地問。

在保養尾巴的咱正想著：「差不多到了換冬毛的時候唄。」

「跟咱原本想的不太一樣。」

「嗯？」

伴侶似乎是寫完了，轉過頭來。認識他是十年前多一點的事，感覺他和當年差了很多，又好像沒什麼變。

不，還是胖了點。咱盯著伴侶的脖子這麼想。

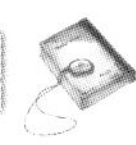

「是好還是壞呀？」

「大多是好唄。」

咱在尾巴抹上要伴侶買的昂貴的花朵精油，並仔細梳整，使尾毛蓬鬆優雅。

「剩下的雖然是壞，倒也挺不錯的。」

「壞也不錯……啥？什麼意思？」

伴侶一臉的疑惑。會這麼問，表示他雖是因為旅館不找新員工會經營不下去，但是對於僱用瑟莉姆多少還是有點擔心。

那和商店老闆僱用小伙計，擔心他的勞力能否對得起酬勞不太一樣，而是因為要和這樣的年輕女性同住一個屋簷下唄。而且瑟莉姆乖巧內向，又有點薄命的氣息，完全是他會喜歡的類型。伴侶曉得咱了解這件事，咱也明白他自知行為稍有不慎就可能惹來大麻煩，所以有點緊張。不過咱還是相信他。無論瑟莉姆怎麼討他喜歡，他也不可能會偷腥。相對地，還因為他很容易想太多，怕他會過度顧慮瑟莉姆而變得緊張兮兮。

然而伴侶或許是年紀有了，心態穩重了點。若是以前，瑟莉姆只要柔柔一笑就能勾走他的魂了，現在卻能紮紮實實地給她分配工作。同時，還能適切地照顧被迫遠離同伴的她。

當然，他沒因此冷落了咱。

一言以蔽之，他現在可靠得令人跌破眼鏡。

麻煩的是，這和咱的期望有點出入。

「咱啊，其實很想做一件事。」

伴侶注視著咱，緊張地吞著口水猜想咱是否只是表面上平靜，心裡卻起了他沒注意到的驚濤駭浪。

「也沒什麼啦。」

彷彿他做什麼都全力以赴的個性，反而讓他自己嚇自己。

那呆樣讓咱看得想笑。真是個老實的雄性。

咱滑下床，站到伴侶身邊，作手勢要他讓位。伴侶猶疑地慢慢扭身，挪一點空間讓咱坐。

桌上攤著好幾張信紙，都在等墨水乾。

「因為汝的表現比咱想像中好很多，害咱一丁點兒吵架的藉口都沒有了。」

見到伴侶稍微仰身錯愕的臉，咱以莫可奈何的表情表示安慰。

「什麼跟什麼……所以現在就是沒問題嘍？」

「嗯。咱好久沒對汝發脾氣，還以為有機會了吶。」

頭倚上伴侶的肩，伴侶臉上跟著明顯冒出不敢領教的乾笑。

「相安無事不是最好嗎？」

「肉或酒裡加點胡椒這樣的刺激，不是比較夠味嗎？繆里在的時候，咱要表現出賢妻良母的

樣子，可是現在她不在了嘛。」

臉頰蹭著伴侶的肩，尾巴沙沙地搖。

「真是的……」

伴侶只是嘆口氣轉回書桌，和咱擠著一張椅子繼續寫信。

以前這樣撒嬌，他就會慌得什麼一樣，可愛極了，但現在一點都不好玩。這麼一來，弄得好像自己都想著玩似的。

於是咱停止嬉鬧，開始講正經事。

「話說汝啊，旅館什麼時候要開門做生意？」

過去有勤奮的寇爾小鬼支持旅館業務一角，可是現在不僅少了他，連獨生女繆里也跟他一起跑了。一次少了兩個年輕人，人手硬是不夠。

咱的直覺說，也許伴侶拚命給客人寫的這些信，並不是向他們來此過冬道謝，請他們夏季再來避暑。而是因為人手不足，請他們考慮其他旅館。

這間溫泉旅館不容易僱用新員工，無疑是咱這非人之人的關係。如果耳朵尾巴可以說藏就藏就好了，問題就是辦不到。

若說咱為此沒有半點內疚，是騙人的。

「瑟莉姆真的很能幹，現在才有辦法開門，跟老愛惡作劇，沒事就幫我們添一、兩樣工作的繆里不一樣，應該能輕鬆很多吧。」
「那隻小笨驢真的是整天都在搗蛋，不曉得是像誰喔。」
咱嘆息後，伴侶以心中有千言萬語的眼神看過來。
冷眼瞪回去，他就像羊一樣別開眼睛。
「可是她一走，旅館也沒以前那麼熱鬧了，沒關係嗎？」
別過臉去的伴侶就此無力地垂下腦袋。
「這我也有想過。那些高階聖職人員也都是寇爾小鬼在陪他們聊天，現在不曉得怎麼辦……往這裡想的話，客人覺得魅力不如以往也是應該的吧。」
「誰叫汝只會講生意經喔。」
「要是妳想出來唱歌跳舞，我是不介意喔？」
如何替長期住宿的客人排憂解悶，就是各家旅館各顯身手的地方了。在這「狼與辛香料亭」，有可以談論複雜學識的寇爾小鬼，以及熱情不亞於舞孃的繆里，多少算是賣點。
可是不能代替寇爾小鬼就算了，咱一想像自己代替繆里的樣子就頭痛。
「不過妳平常還有其他工作，兼職實在太累了點。我自己是很想看看啦。」
「……」
從伴侶靦腆的表情，看得出那是真心話。這頭大笨驢果然什麼也沒想透。

現在這身人類姿態，以人的標準而言的確很年輕。可是與繆里這般真正的年輕人相比，代替她跳舞如何自取其辱，是容易想像到令人髮指的地步。

客人們帶著「還不錯，但好像有點怪」的複雜笑容，已能浮現眼前。

雖然大家都說他們母女倆長得一個樣，但咱可沒有傻到和女兒比年輕。

即使長相真的相同，年輕女孩所散發的氣質還是完全不同。

「咱看啊，咱還是把力氣花在菜色上比較實際喔。」

若繼續在這個話題上打轉，遲早會傷到賢狼的顏面，咱便趁早轉彎了。

「菜色啊。沒錯，妳對吃飯是很有自己的一套。」

「漢娜那傢伙說不定會嫌咱給她添麻煩就是了。」

漢娜是專管廚房的廚娘，同樣不是人類，而是鳥的化身。

「既然少了一個會偷吃的人，一加一減應該沒變吧。」

這麼說來，繆里這個旅館老闆的獨生女到底有沒有幫忙，還是只顧玩耍，就讓人搞不太清楚了。

原本只是覺得她能活活潑潑長大就好，但可能是真的放縱了點。

「少了繆里之後，真的好安靜啊。」

伴侶停下寫信的手，抬頭眺望遠方似的說。以往在這時間，繆里不是已經在床上呼呼大睡，就是跑到仍點著蠟燭的寇爾小鬼房間玩，還能聽見她搗蛋而挨罵的聲音。

發現繆里溜出去和寇爾小鬼一起旅行後，伴侶鬧得是雞飛狗跳，好不容易才罷休，但看來還是有點無法割捨。

「他們在路上會不會出事啊……」

「前些日子不是才收到他們的信嗎？」

「話是沒錯啦……」

咱對仍顯得扭扭捏捏的伴侶嘆一口氣，摟住了他。

「汝忘了身旁有誰了嗎？」

伴侶差點滑下椅子，連忙用另一邊的腳撐住。

接著洩氣似的笑。

「是啊，妳無時無刻都會陪在我身邊嘛。」

「嗯。所以勸汝早點忘了嫁出去的女兒唄。」

「還、還沒嫁出去好不好！」

即使伴侶老愛對自己說寇爾小鬼和繆里只是感情很好的兄妹，聽見這種話還是下意識地激動反駁。咱當然知道他不是認真反對，只是特別忠於作個獨生女的父親。

那麼，咱也該盡情享受自己的角色。

「好好好。反正咱哪裡都不會去，不過要是汝不小心放手，小心被風給颳走喔。」

咱枕在伴侶聳起的肩上，搔著他耳根說。

獸脂蠟燭就快燒完，正好該上床了。

「難道不是嗎？」

搖擺的燭火下，咱瞇眼燦笑。

在這種時候，伴侶總會露出有點害怕的表情。

從前他好像說過，那會給他要掉進地獄深淵的感覺。

咱也不是不懂他的言下之意。

畢竟兩人就是墜入愛河之後，今天才會在這裡。

「大人英明。」

伴侶摟住咱並順勢抱起，往床邊走。

蠟燭隨後熄滅，黑暗籠罩房間。

沒有客人的旅館十分靜謐。木窗外，貓頭鷹嗚嗚地叫。

「呵呵。」

咱在伴侶的懷裡扭身。

「汝啊，要好好疼愛咱——」

話還沒說完，伴侶忽然踉蹌跌跤，咱也在黑暗中摔到床上。

這頭大笨驢在關鍵時刻總是軟腿。

摔著了的咱張嘴就想罵人，可是不太對勁。

「你這大笨……驢……？」

定神一看，才發現自己倒在草蓆上。

眼前，等著摘芽的野菜堆在春季陽光下閃閃發亮。浴池裡空無一人，只有嘩啦啦的注水聲。

「唔……嗯……？」

咱似乎是被陽春暖意薰得睡死了。在好夢正甜時醒來的不甘，以及讓人暖得像穿著衣服泡澡的舒爽陽光，使眼睛又想閉上。

但不能讓瑟莉姆見到這種醜態。

於是拚命爬起來，打個大呵欠繼續處理野菜。

「不過……這夢還真清楚……」

喀、啪嘰。摘取新芽之餘，有種奇怪的感覺。

「……不，那不是夢，是昨天的事……唔，嗯？」

喃喃自語後，忽然有個疑問。

像這樣摘野菜嫩芽已經是第幾天啦？這種菜山裡到處都是，村裡婦女有閒就會摘個一大堆，小孩子也會藉此賺點零用錢。由於能充當家畜飼料，沒客人的時期，家家戶戶每天都會盡可能曬起來備用，今天和昨天沒有分別，相信明天也得重複同樣作業。

高堆的野菜還沾著結凍的晨露，輝映燦爛陽光。氣溫開始上升，溶解的冰如蜜珠般凝結。每次摘起這些野菜，就覺得村子的春天要來了。

話說，這次究竟是春天第幾次到來啦？十次？十二次？繆里和寇爾小鬼出去旅行是今年的事？還是去年？

從前在麥田時，都是以嬰兒長成小孩、小孩長成大人、大人年老逝去等分段的方式粗略計算時間。在一年之中，也只能藉季節更迭或每年數回的祭典來感受日子變化。其餘的，不過是模糊地歸類於「日常」，宛如一大捲布匹中的絲線。

週而復始的平淡日常，前後關係模糊得難以記清，更別說是多年往事了。

伴侶給諸方客人寫信，在獸脂蠟燭熄滅後抱咱上床那時，真的是昨晚的事嗎？會不會是只做了個令人懷念的夢？就像在麥田回想著故鄉好友打盹時一樣。

胸中忽然一陣躁動，不禁望天。先一步過完冬天的太陽，默默揮灑著溫暖的光輝。可是周圍好靜好靜，這會是夢境嗎？

不安快速湧上，心跳聲大到聽得好清楚。既然會夢到旅館這麼安靜，那麼現實世界是怎樣的狀況，自然不言而喻。

咱和伴侶、寇爾小鬼或其他村民不同。他們的一生對咱而言不過是白駒過隙，咱最愛的人終將單獨留下咱，永遠離開這溫泉旅館。這不是夢境或幻覺，而是必將到來的現實。

「……」

不安與孤獨使咱眼中泛淚，好想不顧一切地大喊伴侶的名字。這時，一群鳥飛出附近的林子，打鬧一陣之後向天邊飛去。風吹樹搖，溫泉池水也泛起細微漣漪。吹在臉上的風，仍明確殘留冬季的寒意。若說這是夢，一切都太鮮明了。

孩童似的嚎啕大哭前，咱先看看左手腕，發現淺淺的血蛭咬痕。一捏，也能清楚感覺疼痛。這不是夢。被血蛭咬了手腕的那天夜裡，咱也在伴侶的肩膀或脖子咬了好幾口。想起這些細節後，赫蘿終於返回現實。看來是睡得太舒服，把腦袋睡昏了。

「……蠢死了……」

放心之餘，也為自己難堪。

咱心底有一口裝滿黑暗的井，井口用熱得發悶的幸福之重緊緊蓋上。平時總會忘記井的存在，但若稍有不慎，井裡的東西就會外漏。井中的黑暗有個名字，叫做孤獨。

幸福的日常將如此持續下去，沒有昨今之分。假如幸福過了頭，時間會過得太快。

所以昨晚，咱對伴侶說的都是心裡話。對瑟莉姆這名新人其實有些期待。

其一是希望她能單純扮演好員工的角色，幫助伴侶所辛苦打造的這間旅館永續經營。其二是成為咱與伴侶吵架的火種。

這麼一來，那些吵架與合好的記憶，將在名為日常的這匹布中留下清晰的紋樣，成為確切的回憶，使孤獨之井蓋得更緊。其他千千萬萬無風無雨的日子與午睡的分界將逐漸模糊，沖積到記憶的彼方。

時間過得總是太快，若想永誌於心，就只能用爪子留下一道傷痕。就如同留在手腕上的血蛭咬痕。

不過人或野獸的生活，也都是不斷重複同樣的事。能做的，就只是用點明天就會遺忘的小安慰，來抑止心中的不安。

例如在伴侶工作時從背後擁抱他，用蒸餾酒把自己灌醉，或是在女兒睡前，盡其所能教她怎麼抓住雄性的心，當作床邊故事。

然而那樣的行為，其實跟裝一罐夏天的空氣以準備過冬差不多唄。

無限反覆的日常會慢慢消磨一切事物。當日子變得平滑順遂，記憶也難以殘留。

咱並不討厭摘野菜嫩芽的工作。如此平凡的作業能使旅館順利經營，旅館順利經營就是伴侶的快樂。咱不禁覺得自己過得實在太享受。就像狗叼著肉往水面看，便也想吃水裡倒影的肉。

「蠢得可以喔。」

如此低語後，咱繼續摘芽。

覺得幸福，卻無法為每一項幸福取個名字，令人好生感傷。

也許是定下心工作的緣故，摘嫩芽的工作中午前就結束了。

送四人份的嫩芽到廚房，並將飼料部分交給瑟莉姆曬之後前往主屋。要是在那裡見到伴侶，真想緊緊抓住他不放，像隻吸食樹汁的蟲那樣。這傢伙有時就像塊大木頭，這樣比喻剛剛好。

「找先生嗎，他在大門那。」

在廚房燙野菜的漢娜這麼說。咱立刻過去，順手摸了幾片肉乾，被漢娜抱怨：「就快吃中餐了耶。」

既然在大門那，也就是在開闊處做些粗活唄。可能是因為積雪融化，有旅行商人上山作生意，或是河邊有貨船靠岸了。

咱再愛玩，伴侶幹粗活時也不會亂來，而且做完以後還可能找咱一起洗澡吶。

這麼想著穿過走廊踏出大門，果然見到了伴侶，瑟莉姆也在。

「對不起……」

「別在意。是我沒交代清楚，錯不在妳。」

兩人這麼說著，解開堆在旅館大門邊的飼料綑。

「汝等怎麼啦？」

一聽咱說話，兩人同時轉頭過來。

「喔，妳來啦。剛好，來幫個忙。」

「幫忙？」

伴侶身旁，做同一件事的瑟莉姆停下手來喪氣地望來，表情充滿歉意，原本就細瘦的肩縮得都快看不見了。

「那個……我弄錯捆飼料的繩子了。」

她小聲回答後繼續解繩子。看來是要把這幾捆飼料解開。

「嗯，全部解開就行了嗎？」

「解新繩子的就好。對了，看到三條搓成的繩子也一起解開。」

「真麻煩。」

這只是像平常那樣對伴侶開玩笑，結果瑟莉姆嚇得抖了一下，縮得得更小了。

「唔。呃，咱不是對汝說的啦，咱也很容易弄錯。」

咱急忙解釋。一個女孩子家來到不熟悉的群體中，當然是十分惶恐。如此與伴侶的日常嬉鬧，也可能被她誤解成責罵。不得不慎。

於是咱對瑟莉姆搬出最大的笑容，開始動手解繩。

伴侶說，他要瑟莉姆用舊繩捆飼料，結果拿成新繩了。新舊麻繩都擺在倉庫的同一個地方，的確很容易弄錯。

三人一起解，事情很快就結束了。工具從舊的開始用，是伴侶自行商時期留下的小氣節省術，咱也直說是他的錯。

瑟莉姆偶爾犯些小錯，也可當作咱偷懶的藉口，算是好事。要是她做什麼都很完美，反倒令人喘不過氣。

不過這麼想的第二天，瑟莉姆又犯了個小錯。

紐希拉這座村莊，會在春季舉行只有村人知道的小祭典，祭拜的是溫泉的守護聖人阿傑里，而她拿錯了獻燈時要用的蠟燭。

本來要給的是蜜蠟，她卻裝了一整箱獸脂蠟燭交到集會所。

「真的很對不起……」

或許是連續失敗讓瑟莉姆很氣餒，眼眶都紅了。不過這沒什麼，只要換掉就行，而且她裝箱時一點也不馬虎。做事又從來不抱怨，交代什麼做什麼。因此當然沒人責備她，立刻準備蜜蠟送到集會所。

而且他們也愈來愈了解瑟莉姆，她個性認真勤奮，但有點少根筋，經常看到她絆倒或是東西沒拿好。她對此也有自覺，總是時時叮嚀自己，想克服這個毛病，惹人疼惜，而這又是伴侶會喜歡的個性唄。

所以，對於她弄錯蜜蠟和獸脂蠟燭，咱們並不驚訝。兩者造型雷同，再說她可能從未見過蜜蠟。

由於這些緣故，瑟莉姆犯的錯頂多只會出現在咱們的睡前閒聊而已。問題是，當事者本人似乎無法輕鬆看待。

從弄錯蠟燭那天起，她就顯得相當沮喪。她原本就比較內向，也許是過分責怪自己了。她可是寶貴的人力，要是不幹了，咱也頭痛。就算她願意留下，終日愁眉苦臉也會讓旅館的氣氛打折扣。畢竟這裡是人稱「會湧出幸福和笑聲的溫泉旅館」，可不能弄得陰沉沉的。

那麼該怎麼辦吶？瑟莉姆不像是會喝酒解悶的人，直接要她別在意，好像反而會更在意。活了這麼久，卻可說是第一次遇到這種狀況。

要怎麼鼓勵她才不會造成反效果吶……想了又想，始終沒有好點子。再加上每天都有工作要忙，一時就忘了這件事。直到某天，伴侶耳語道：

「瑟莉姆那邊，可以請妳幫個忙嗎？」

「幫忙？」

「我想請妳找個時間，帶她去山上。」

咱不懂他何出此言，疑惑地盯著他看。

「就說要找新溫泉什麼的帶她出去，然後一路跑到山的另一邊。」

聽到這裡，咱總算明白了。

「汝是要咱帶她去見見她那些夥伴呀？」

「嗯。」

瑟莉姆她哥和其他族人，目前正在距離紐希拉兩、三座山的地方蓋旅舍。應該是因為那裡是發生過聖女奇蹟的福地，想藉慕名而來的大批巡禮客賺飽荷包。要是老實的寇爾小鬼知道了，多半不會有好臉色，但提案者就是伴侶。要拯救遠道來到斯威奈爾卻一籌莫展的他們，只能這麼做了。

問題是那位聖女就是瑟莉姆假扮的。故事設定是聖女的遺骸深埋在地下，所以瑟莉姆住在他們的旅舍可能會出問題，於是正缺人手的「狼與辛香料亭」僱用了她。因此他們兄妹倆被迫分隔兩地。

當然，只要變回狼，這點距離一下子就能跑回去，並不是生離死別。

所以咱不禁懷疑伴侶的提議會造成反效果。

「那丫頭不是還在設法融入新群體嗎？如果沒過多久就讓她回去見原來的狼群，不就等於是懷疑那丫頭和她同伴的決心嗎？」

瑟莉姆和她哥對此尤其認真。瑟莉姆來到旅館的第一天，表情緊繃得像準備上戰場似的。狼族一旦決定路線，無論發生再大的事也不能輕易退卻。

但伴侶卻這麼說：

「理論上是這樣沒錯。」

「汝啊，咱是認真——」

伴侶的眼神使咱停下了嘴。

他做什麼都自信缺缺，有自信的時候，又通常是來自怪異的既定觀念。然而某些時候，他又會抱持這賢狼也抵擋不了的堅決信念。

在那種時候，即使懷著絕對的確信，眼神卻不知為何顯得憂傷。

咱對這樣的眼神就是沒轍。

耳朵和尾巴都不禁垂了下來。

「我以前行商那些年，不曉得送過多少個離鄉背井的人回家過。他們大多都會在貨台上抱怨個沒完，說什麼死也不想見到誰，現在沒臉見誰，見到以後就要揍他一拳之類的。」

伴侶疲憊似的笑，配合咱的視線高度蹲下。

彷彿在勸導一個孩子。

「可是見了面，他們都很高興。這不是理論說得通的。」

接著，他伸手撫摸咱的臉頰。

會嚇得退縮，是因為那似乎直接碰觸了咱心裡柔軟的部分。

「妳也有過那種經驗吧？」

正是如此。

想回故鄉卻不知方向，迫於無奈而流連於麥田時，咱強行潛入了伴侶的馬車，認為船到橋頭自然直。因為咱就是如此思鄉。

而伴侶就此帶著咱找尋故鄉，即使路上艱險不斷也沒有放棄。當初還以為他是個破天荒的濫好人，但咱錯了。那是因為伴侶有自身經驗累積而來的信念。

「再說瑟莉姆的哥哥住那麼近，本來就是個問題吧。」

「……唔，嗯？」

「她的想法大概和妳一樣，認為一旦來到我們這，就要在這待到底。在這種狀況下，同伴住得近反而是種負擔。因為很近，她會時常警告自己不能隨便去見他們，覺得那是一種依賴，一種

恥辱。」

「唔，嗯……不是……唄？」

咱疑惑的目光引來伴侶的苦笑。

「我知道瑟莉姆是用盡全力想盡快成為這溫泉旅館的一份子，可是新人心裡總是緊張不安。況且瑟莉姆她哥送她走那時的表情妳也看到了吧，都擔心得快爆炸了不是嗎？帶瑟莉姆回去，他一定不會擺臉色的啦，還會鼓勵她、安慰她呢。那樣的效果比起我們自己來說，應該好上千百倍吧？既然這樣的人就住在附近，為什麼不讓他們見個面呢？」

這樣的想法，就像看起來亂成一團的線，抓住兩端一拉卻發現根本沒打結一樣。

既然有目的也有方法，就應該執行。

或許能說，商人都是這麼想的唄。

當然，這其中包含伴侶個人的人生觀，以及與生俱來的老好人性格。將傭人當道具使用的溫泉旅館並不少，在一般社會那反而還是常態，甚至有不隨意虐待員工的老闆就夠好了的氛圍。

然而伴侶並不是那種人。他把上了他馬車貨台的人都當作同伴，並傾力相助。說不定，那和商人對貨台的執著是源自同一種感情。

咱的身分仍是貨物時，還曾為他對其他貨物的處置方式一憂一喜地苦惱，但如今咱已是伴侶駕座上的伴。

可見他也將貨物當作是同一條旅途上的夥伴，足堪信賴，甚至值得驕傲。
只要是為同伴著想，伴侶甚至能跳脫常識藩籬，真是帥得可恨啊。
「嗯？怎麼啦？」
伴侶注意到咱不太對勁，愣愣地看著咱。
咱憋不住滿腔飄飄然的感覺，臉上堆滿了笑，摟住伴侶的脖子。
「汝這隻大笨驢，大笨驢！」
「啊？」
伴侶雖然不明就裡，但從咱搖得啪噠啪噠響的耳朵和尾巴，看得出心情是多麼好。
於是他回敬似的一抱，這也讓心裡的感覺暫且平靜下來。
「嗯……咱也同意汝這個建議，不過這時候山上開始有人走動了，要夜深以後才能動身，可以唄？」
「當然可以，白天還要工作嘛。」
「大笨驢，不是那個啦。」
伴侶聽得一頭霧水，似乎完全不懂咱的意思。
「咱是問汝一個人睡會不會寂寞。」
畢竟女兒繆里也離家了。

伴侶略顯訝異，輕笑道：

「別擔心。這樣等妳回來之後，我就能體會到妳有多重要啦。」

他也很了解怎麼討咱開心。

「呵呵。那好唄。」

結果咱還是忍不住抱了上去，尾巴沙沙沙地猛搖。

今晚天公作美，明月高掛。若是滿月就更完美了。

晚餐後，眾人在平時該就寢的時間聚在旅館後院。

成員包括能輕易活吞人類的巨大賢狼、體型在森林間晃也不會太奇怪的小狼，以及冷得直搓手的伴侶。

「真羨慕妳們全身都是毛。」

天一黑，嚴冬的空氣就從山上直降而下，伴侶每個字都伴著白煙。

『天亮前就會回來了。』

「小心別讓燒炭的人看見嘍。」

『大笨驢。』

咱以鼻尖輕頂伴侶，伴侶也摸摸咱長鬍鬚的地方。這樣的互動對彼此而言是稀鬆平常，不過想到瑟莉姆就在旁邊看之後，忽然害臊起來。

『……咳咳。好，走唄。』

『是。』

月光下，線條流麗的年輕狼族彷彿微微發光。

咱雖怎麼也算不上羨慕，但若擁有那樣的體型，就能和伴侶窩在同一間房了。

「麻煩啦。」

伴侶不知懂不懂咱的心，簡單告別。

名目是探尋新溫泉，實際上是為了瑟莉姆。

咱沒回答，轉身便疾奔而去。在積雪漸鬆時，咱還會變狼上山巡視是否有雪崩的跡象，可是最近完全不需要那麼做。以巨大身體在山中奔馳的感覺十分暢快，速度一不小心就拉高了。

登上旅館後山頂而回頭查看時，瑟莉姆已經氣喘吁吁。

『抱歉，太快了嗎？』

『不、不會……啊，呃，對……』

改口是因為覺得硬撐卻跟不上，反而更添麻煩唄。

『那咱們慢慢來唄。咱是太久沒跑，像小狼一樣興奮過頭了。』

當然咱很想全速奔馳，也很想在這裡盡全力對月長嚎。然而狼嚎必將傳遍紐希拉，使整座村莊因有狼出沒而全村動員上山放火驅狼，還會安排哨點徹夜站崗。

知道元凶是誰的伴侶，肯定會在篝火邊擺張大臭臉。

『不過就算走散了，汝也能靠鼻子找過來唄。』

對於咱的玩笑，瑟莉姆靈巧地以狼嘴做出微笑。

此後，兩人以散步的步調，在山裡繞了幾圈。儘管不是為了強調這是自己的地盤，還是有幾頭熊或鹿規矩地前來問候。

由於此行名目總歸是尋找新溫泉，自然得聞聞氣味演點戲，可能的位置早就在決定開溫泉旅館當初都探勘過了。現在只是佯裝到處走走，慢慢往山的另一邊，瑟莉姆她哥與族人蓋旅舍的土地移動。

但瑟莉姆也不是懵懂的傻丫頭，即將越過第二道山稜之際，她下定決心似的說：

『赫蘿小姐。』

『嗯？』

『那個……很抱歉，我……』

當然，咱繼續裝傻。

『有什麼好道歉的，汝不是跟得很緊嗎？』

見咱輕笑著這麼說，瑟莉姆便不再說下去。

即使贊成伴侶的想法，心中某個角落仍擔心這麼做是多此一舉。瑟莉姆肯定是下了相當的決心才來到這間旅館，若只是因為幾次失敗而沮喪就特別照顧她，很可能讓她覺得自己被當成小孩看待，反而傷她的心。

但是思考如何不傷害他人，往往只會原地打轉，不知不覺變得像銜尾蛇一樣。像伴侶這樣想到什麼就先做什麼，並表現出自己誠意的想法其實很直接爽快，應該是正確決定。

當咱被自己賢狼之稱、長生不老、並非人類等推托之詞絆住腳時，反而是伴侶先拉了咱一把。結果如何，自是不言而喻。

既然瑟莉姆有緣加入這個群體，能待得開心是最好不過。

此後，咱們誰也沒再開口，到處查看可能會滲出溫泉的窪地，越過第三座山。還有幾天才會滿盈的月亮早已飄過頭頂。已是草木皆眠的時間。

伴侶搞不好正孤零零地在床上發抖吶。這麼想時，有個影子從眼角林隙間幽然晃動。

『知道要出來接人呀？還不錯。』

咱微笑低語。聲音雖不至於傳過去，對方仍聽見了似的，有更多身影在其後現身。這時期的風是從山頂吹下，位在下風處的他們應是聞到氣味而趕來的唄。

『快去唄。』

見瑟莉姆佇立在一旁，咱便催了一聲，但她仍不為所動。可能是怕她哥會罵她懦弱。

不過人都帶來了，瑟莉姆待在旅館又振作不起來。

而且毛色和瑟莉姆相近，默默注視咱們的領頭狼，表情擔憂得似乎都要嗚咽起來了。

繆里上山玩得太晚時，寇爾小鬼也會有這種臉。不禁想起他在門邊來回踱步的樣子。

無論是狼是人，容易為他人擔憂的雄性或許都是這副德性。

『別糟蹋了咱的心意呀？』

以鼻尖頂頂瑟莉姆的脖子，她才終於向前幾步，卻又不安地看看咱。

於是咱露齒而笑，說道：

『別看咱這樣，咱可是不知道巴在那口子身上大哭過幾次喔。』

瑟莉姆聽了十分訝異，但仍能明白咱的心意。

睜大的眼逐漸放鬆，最後誠摯地注視咱說：

『非常感謝您。』

『要謝就謝那頭大笨驢唄。』

瑟莉姆沒有多回話或頷首，掙脫束縛般向前跑去。

她哥也晚一步跑來。儘管多半會責備她的不是或說幾句不以為然的話，不過瑟莉姆總歸是與他同甘共苦了許多年的妹妹，不會不疼惜她。伴侶的猜想，令人不甘地命中了。

咱無奈嘆息，開始想自己該做些什麼。待在這裡，瑟莉姆的同伴會放不開心胸，瑟莉姆自己也可能因為顧慮咱而提早離開。

破壞親人團聚的場面總是不好，於是咱便按照當初的名目找溫泉去了。其實咱很早以前就想找個專屬於自己，可以用原形悠哉泡溫泉的地方。

依氣味找了一會兒，最後在第二、三座山之間發現一口自然溫泉。這裡位在山谷深處，無論獵人再怎麼深追，也不太可能追到這種地方。

『嗯，地點不錯，只是窄了點。』

池水淺，岩石多，還有不少倒木，空間只夠熊泡泡屁股。

泉水也在岩石阻擋下窘迫地流。變成人形是擠得進岩縫裡，但這樣不如在家裡泡算了。

『既然這裡有水，說不定還有其他池子。』

繼續沿山坡繞了幾圈，不過水脈似乎深在地下，找也找不到。於是試著咬開倒木，撥除較小岩石，湧泉量好像變多了點。若再把岩塊挖開一點，或許會是個像樣的溫泉。

『赫蘿小姐？』

瑟莉姆這一喚，是在咱聞著泉水，試圖尋找湧泉點的時候。

『怎麼，夠了嗎？』

『是的。然後，那個……』

瑟莉姆耳朵尾巴和腦袋都往下垂，背後是她哥和那群族人。

咱嫌麻煩地嘆口氣，繼續找湧泉點，並問：

『汝等一起過來做什麼呀？』

『舍妹給您添麻煩了。』

瑟莉姆她哥向前一步，以族群首領身分發言。態度方方正正，像教科書一樣。

這些狼即使有超人的力量，卻因為不夠圓滑，作傭兵也無法餐餐溫飽。而且先前，這位哥哥還因為說話太過直接而惹惱咱。即使知道原因是出在自己，對他留下的棘手印象也不是那麼容易抹去。

『才不麻煩呐，她幫了咱們很多忙。』

『不過舍妹寄人籬下卻勞您費心，恐怕——』

『會影響到族群的名譽嗎？』

這群狼包含瑟莉姆總共六頭，每個體型都算小。就算被他們包圍，打起來也是轉眼就會結束唄。

但或許是因為如此，他們才特別重視名譽。

『……很抱歉。』

瑟莉姆她哥表情困頓地垂下頭。

『真是累人喔。』咱嘆道。

『咱來這裡，是因為家裡那口子請咱出來找新溫泉。來找汝等，就只是覺得地方離得很近，順便帶她出來打聲招呼罷了。』

『可、可是——』

『所以吶，以後說不定沒事就會來這裡晃一晃。要告別就長話短說，可別每次都讓咱多等啊。』

既然都搬出了這樣的名目，重上下關係的瑟莉姆她哥也無法反駁。

視線在地面與妹妹之間掃動幾次後，他認份地往咱看來。

『……遵命。』

『嗯。那今天就到這兒唄，該回去了。』

對瑟莉姆這麼說之後，那年輕的白狼毫不遲疑地來到咱身邊，心中陰霾似乎已然散盡。

在過去的生活裡，他們多半是誰也沒離開過誰，凝聚所有力量才能生存到今天唄。說不定瑟莉姆單獨來到溫泉旅館工作，是下了超乎想像的決心。

說近期會再來雖不是源自這種想法，但同樣是實話。準備歸返旅館時，咱忽然停下腳步。

『對了，有件事咱忘了說。』

狼群頓時緊張起來。

『別亂挖這口池子啊，讓咱自己處理。』

『……』

『還是說，這是汝等先找到的池子？』

『不、不是。』

『那麼，咱會再多來幾趟，記得啊。』

這次是真的轉身離去，碎步跑過深夜的森林。

瑟莉姆默默跟上。她仍有點放不開，或是有種無謂的自負，但等她習慣旅館的生活，她哥幾個的旅舍也準備妥當後，就不會那麼緊繃了唄。從現在的側臉，能看出她聽話歸聽話，實際上卻是個硬骨子。

至於改造那口溫泉，純粹是咱的娛樂。一旦完成，即使是人多的季節也能在大白天以狼形悠悠哉哉地泡澡了。

這件事暫時就瞞著伴侶唄。

一想像他渾然不覺的樣子就想笑。

『赫蘿小姐。』

瑟莉姆下一次開口，是在抵達旅館的時候。

「非常感謝您。」

她恢復人形，迅速用事前準備的衣物，掩蓋細瘦但與繆里截然不同的裸體，並簡短道謝。

看來她並不認為這場安排造成她的困擾，所以咱聳肩回答：

「咱也找到一個樂子，汝就別客氣了。好啦，早點睡唄，不然明天就沒力幹活嘍。」

瑟莉姆正經地點個頭，展顏微笑。進了旅館，在走廊分頭時，她再恭敬地敬一次禮。老實說，那種和寇爾小鬼不太一樣的拘謹讓人有點難受。要是沒有伴侶在，咱恐怕很難和她在同一個群體裡生活。

伴侶明明自個兒做不了什麼事，但不知為何，總是在不知不覺間將各種人繫在一起。

儘管不是能領軍破敵的耀眼角色，卻在鼓舞軍心上有過人素質。咱對自己沒看錯人感到十分自豪，得意地回到房間。

依稀抱著伴侶醒著等咱的期待打開房門，結果他根本是睡死了。

於是咱立刻鑽進被窩，用冷颼颼的手腳用力抱住他。

伴侶當場嚇醒，唏哩呼嚕呻吟了一會兒後說：

「唔～～……回來啦。」

「回來了。」

擁著伴侶閉上雙眼，轉瞬就墜入夢鄉。

也許是因為紐希拉平時熱鬧得像天天有祭典，這裡的阿傑里聖人祭反而顯得平凡樸素。沒有巨像遊行，也沒有誇張的隊伍。就只是在村裡的公共倉庫佈置一座臨時祭壇，村民聚集於此向聖人祈禱，接著設宴吃吃喝喝。要說哪裡像祭典，就只有倉庫裡點了多得壯觀的蠟燭唄。

大城鎮舉行祭典時，各公會會爭相捐獻巨大蠟燭以展示財力，而紐希拉則是以燭火的量來祈求泉水永保溫熱。愛慕虛榮的人當然是到處都有，但若來自虛榮的巨大蠟燭可以維持全村的溫泉，願意高聲讚頌的人也不會少。畢竟這裡的經營者都有點商人氣質，能不花自己的錢就獲利，管他做什麼都好。

那樣的赤裸人性看在過去受人奉為神祇，保佑村中麥田豐收的咱眼裡，也只能唏噓聳肩。瑟莉姆是第一次見到這個祭典，感覺很新鮮，但咱一點興趣也沒有，只管大吃大喝。

阿傑里聖人祭也是紐希拉淡旺季的分界點，客人開始三三兩兩地出現。儘管沒冬天那麼多，夏季的泉療客倒也不少。在這種時候，咱對下一個喧鬧的季節是既期待又嫌煩。

「請問老闆在嗎！」

聖人祭第三天，旅館門口傳來威武的喊聲。

大概是有哪位大人物要來，先派了使者來查看狀況。

「哈里維爾修道院院長大人將在明早抵達，貴店準備如何。」

「全都準備妥當了，隨時恭候大駕。」

使者聽了伴侶的回答感到很滿意，接著接受他的好意，趁主人到來前不多的空閒時間舒舒服服泡個澡。

戰鬥就要開始了。然而，伴侶的表情卻不太對勁。

「怎麼啦？」

那個哈里啥子的是每年都來的常客，住宿期間的態度不錯，出手也大方。如果繆里在家，應該會笑呵呵地猜想這個哈里啥子長長的白鬍鬚今年又長到多長了唄。

伴侶也很喜歡他，應該不是會招來這種表情的客人才對。

「嗯？喔，沒什麼，只是覺得他來得有點太早而已。」

「太早？單純是等不及了唄。」

這裡是位在生死兩界中央的溫泉鄉。來這裡躲避俗世繁務的客人回去時，有的表情甚至像準備回地獄一樣。

「是這樣就好嘍……」

伴侶可能是因為舒服日子眼看要結束，變得有點神經質了。

果然這賢狼還是得陪著他才行吶。咱不禁自豪。

瑟莉姆與哥哥重逢之後，恨不得趕快彌補先前失敗的氣餒般渾身是勁，不過首次接待客人讓

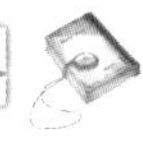

她相當緊張，咱便替她做些心理建設。

「這不是真正的戰鬥，犯點錯死不了人。」

這麼一句半開玩笑的話，竟也真的讓瑟莉姆放鬆不少。

隔天，這位常客老僧如期光臨旅館。

「哎呀呀，羅倫斯先生，今年也麻煩你照顧了。」

他老歸老，體格可是相當健壯。頭頂禿個精光，鬍鬚卻有好大一把，使身體顯得更大。與伴侶擁抱後，一見咱就帶著慈祥笑容抱過來。

埋在蓬鬆的鬍鬚堆裡，可以稍微體會伴侶和寇爾小鬼想把臉埋進尾巴的感覺。

「令嬡在打獵嗎？」

「這個嘛……」

說明繆里與寇爾小鬼的事之後，哈里啥子的臉漸漸發紅。

「喔喔，那真是太好了！太好了！」

並為自己讚嘆得太大聲嚇一跳似的捧起胸口，一下看隨從一下看伴侶，好不忙碌。

「呃……院長大人，請進來坐著說。路上舟車勞頓，一定很累了吧？」

「喔喔，喔喔，謝謝啊。哎呀，原來有這種事，聽到傳聞時我還在猜會不會是他呢，很好很好……」

大鬍子加大個子的老僧帶著興奮的餘韻，健步如飛地來到餐廳入座。

即使坐在椅子上，他也難掩興奮之情，一見到瑟莉姆送酒來，立刻笑咪咪地接下。看來他還是一樣，比其他客人親切許多。

「妳是新來的員工吧，謝啦。」

老僧道謝後喝了幾口，用鼻子呼口氣，對伴侶說：

「原來街頭巷尾議論紛紛的那個溫菲爾王國的年輕聖職人員就是寇爾先生啊。」

儘管能從寇爾小鬼寄來的信逐一了解他們的動靜，可是在這深山裡無法感受到他們究竟做了什麼大事。而且他做人十分謙虛，又嚴以律己。

看樣子，他的旅行不像信上寫的那麼平淡無奇。咱這麼想，向伴侶使個眼色。

「他將聖經譯成俗文，還讓沉溺於欲望的大主教悔改，甚至連數度沾染異端嫌疑的頑固外島人民，都因為他而投奔了正確的信仰，大家都當他是英雄呢，真是想不到啊。第一次見到他，他才這麼大。」

那厚實手掌所擺的高度，只比咱略高一點。

這讓咱想起寇爾小鬼日益成長茁壯而終於高過咱時，一方面為此驕傲，一方面又有點感傷。

「關於這個……寇爾給各位添麻煩了嗎？」

伴侶擔憂的表情不像在演戲。

寇爾小鬼是無法容忍職掌世界大小事的教會組織腐敗墮落，為匡正他們而下山。可是今天來到這溫泉旅館的，正是教會中的高位者。

「哪裡的話，沒那種事。會把他看成麻煩的，就只有做了虧心事的人吧。」

老僧毫不避諱地如此斷言，看客人臉色吃飯的伴侶隨之鬆了口氣。不過，藏在老僧鬍鬚底下的話並不僅止於此。

「可是啊。」

他略顯焦慮地揉起蓬鬆的鬍鬚，並對隨從使個眼色，從跟著從行李取出耐人尋味的東西——一大疊蒙上不少灰塵的羊皮紙。

「大多數人，都是因為傾聽了良心的勸戒而遵從神的教誨。不才我呢，雖然修行還差得遠，但也認為自己是這樣的人。不過問題自己要來，我們也擋不住。」

「這、這樣啊。」

羊皮紙一疊一疊往餐桌上堆，都快看不見對方的臉了。

看來老僧提早這麼多天光顧，很可能和它們有關。

「這裡是溫泉鄉紐希拉。聽說在這裡見聞的事，到了山下就會自動煙消雲散，而我相信羅倫斯先生也是如此。所以呢，這次我特別有事想拜託您。」

前言這麼長，是要人保守祕密的意思唄。

伴侶先往堆得高高的羊皮紙側目看幾眼，困惑地問：

「這都是……許可證嗎？」

「正是。我那所修道院、兒孫輩的修道院和他們兒孫輩的修道院所收到的許可證，都在裡面。」

工匠會認可技術足以出師的徒兒另起門戶，咱也曾聽說修道院也會以類似方式開枝散葉，且同樣會從中抽取佣金。

堆在桌上的，就是老僧手裡的龐大寶山。

「這些許可證嘛……那個，仔細看過以後，感覺真的不是我們管得來的東西，況且神也說過要分享神的恩賜。在寇爾先生挺身而出的現在，人民重新正視神正確教誨的時機終於到了。所以……」

老僧含糊其詞，多半是因為良心、虛榮、驕傲與欲望互相拉扯的關係。

「總之，您是想減點肥嗎？」

「對！就是那樣！減肥！羅倫斯先生果然厲害！」

能機靈地換成單純當作減輕負擔的說法，不以倫理觀念評論好壞，或許就是這位前旅行商人的成功之處唄。

「可是，那都是人們為了救贖靈魂而捐給我們修道院或底下兒孫的許可證，隨便拋棄也對不

起人家……於是呢，我想起羅倫斯先生原本是個大名鼎鼎的商人……」

能看得出伴侶正在腦中翻譯老僧的話。

「也就是說，希望我替您把這些許可證分給『最需要的人』嗎？」

「噢，神啊！祝福這位聰明的溫泉旅館老闆吧！」

老僧應是打算在欲望蒙蔽雙眼之前，先把寶山給賣了；而既然要賣，就該找出價最高的買主。儘管不太喜歡，但與老僧緊緊握手的伴侶一副天助我也的樣子，表示其中有利益可圖唄。反正又不是壞事，又能賺錢給晚餐加點菜，當然是再好不過。

咱從旁抽一張羊皮紙來看。紙面上有著誇張的紋樣，內容以繪畫般美麗的字體寫成。

「汝等那張也是這樣嗎？」

咱也拿給身旁的瑟莉姆看看。瑟莉姆的族人在遙遠南方得到某座山的挖掘許可證，所以才來到北方。

「是很像沒錯……可是沒這麼漂亮。」

瑟莉姆附耳回答。這麼說來，這一張薄薄的紙上寫的多半是更不得了的特權，而且還堆得這麼高。

儘管對人世不甚了解，但這世上絕大多數是過一天算一天的窮人。

無論如何，獨占都不是好事。

不對。咱在心中訂正自己。

伴侶的愛算是例外。畢竟女兒繆里還有寇爾小鬼可以榨，已經夠了。

「那就這麼辦吧，我先詳查這些許可證的內容，看看能不能實際幫上忙好了。」

「麻煩你了。」

老僧向神祈禱似的嚴肅答覆，並補充道：

「話說，溫泉可以泡了嗎？」

這裡是生死兩岸夾縫間的村莊。

清洗凡塵之地。

或許能說是必然如此，伴侶現在滿腦子都是許可證。

即使是白天，他一有閒就會回寢室翻羊皮紙，晚餐後也照樣匆匆返回寢室翻羊皮紙，變得特別早起也是為了翻羊皮紙。

看來這件差事的油水非常豐厚，怪不得他，咱自己也沒時間鬧彆扭。

「妳會看字沒錯吧？」

伴侶頂著理所當然的臉，將大疊羊皮紙抱給咱。他應該是覺得有趣才這麼做，況且他眼睛底下都跑出了黑眼圈，無法拒絕。最重要的是，這時節夜裡還很冷，要讓他早點回到被窩裡才行。

於是咱也替他檢閱羊皮紙，一張張地依地區與類型分類。陌生地名雖多，但旅館裡有地圖能查，找起來相對簡單。這張地圖，是憧憬走遍世界各地冒險的繆里纏著客人，要他們一個個畫出自己來自何處而成的。她做事總是說膩就膩，只有這件事持續特別久。長久下來，先不論正確性，至少是張非常豐富的地圖。

至於許可證本身，也是每一張都頗有意思。

分類起來並不煩悶，但仍然有其難處。

『……實在是太多了。』

咱回想著這一連幾天的作業，前腳併攏向前伸，按著地面「唔～」地壓肩前傾，接著換後腳按地，壓臀伸展。

最後抖抖身子，覺得全身血氣順多了。

在椅子上一個勁地看許可證的疲勞，和做女紅很不一樣。

光是在旅館外變回狼形，心情就暢快多了。

『那頭大笨驢倒是分得很高興嘛。』

寒冷中，嘆出的氣仍是大團白煙。

『抱歉，還要汝來幫咱。』

扭過身子，用鼻尖搔弄腰際的瑟莉姆赫然端正姿勢，趴下似的低頭。

『沒關係……再說，我也沒幫上什麼忙。真對不起……』

很難得地，那並不是謙虛。

『無所謂。汝白天的工作都做得很好，咱這稍微有幫到就行。要是汝什麼都做得太好，咱就沒得偷懶了。』

瑟莉姆輕笑幾聲，仰望夜空中由盈轉缺的月亮。

人只有在滿月時才能在黑夜的森林裡行走，而狼可以用泥土與樹木的氣味當路標，前往遙遠的地方。

『不過我學到很多，能感到這個世界真的很大。』

『嗯？汝等以前住的村子不是在很南方的地方，連咱那口子也沒去過嗎？』

用自己的腳走了這麼長的路，應已足以感受到世界的廣大了唄。只見瑟莉姆含蓄微笑回答：

『因為我們都是沿路到處看看，抓點野兔果腹，然後單純看著腳邊一步一步走，整趟旅程就只是想著踏出右腳再踏出左腳。從南方來到北方以後，只看出道路顏色不一樣而已。』

那或許是謙虛之詞，不過回首自己的旅程，也差不多就是如此。

即使活了這麼久，見到的卻似乎都是一樣的東西。

麥子成長，白雲飄過天空。

突然出現變化，不過是邂逅伴侶後這幾年的事。

『其實咱也是徒增年歲，看來看去都是同樣的景色吶。』

瑟莉姆又垂眉淺笑。

此後，兩人一起往後山奔去。此行目的是雖是見瑟莉姆她哥，但不是為了瑟莉姆。她已經很習慣這裡的工作，即使仍會為犯錯沮喪，但感覺上已不需要為她操心。因此在那之後，咱們也經常單純為了工作而趁夜離開旅館翻山越嶺。

『磨過的金屬聞起來還真舒服。』

瑟莉姆脖子綁了一口麻袋，袋身扛在背上。裡頭裝的是她哥幾個蓋旅舍所需的金屬工具。不知是太勤勞還是用法太粗魯，他們容易為金屬工具磨鈍所苦，伴侶便協助他們打磨。磨的當然不是伴侶，而是請村裡的工匠，代價則是她哥幾個從山上獵來的獸肉。

過去旅館大部分的肉，都是繆里和寇爾小鬼獵來的。現在兩人不在了，只好向鄰近聚落的獵人或山腳下的城鎮買肉，不過小氣的伴侶連這點錢也想省。談到最後，賢狼連自己去打獵這種話都講出來了，但實際上並不能這麼做。

或許是擁有一身藏不住的賢狼威嚴，林中野獸對咱相當崇敬，不時會有野獸來請咱仲裁地盤之爭，請求庇護躲避獵人或療傷。

宰殺牠們，總覺得不太對。要是上山打獵，鹿群搞不好會躺成一排，含著眼淚請咱吃。

而繆里和寇爾小鬼就是以人的身分，利用弓箭或陷阱對付野獸了。那純粹是獵人與獵物的鬥智鬥力，雙方各有共識。當然，野獸間也有不成文規定，來到旅館泡溫泉時必須休戰。

所以，瑟莉姆她哥提出的交易正好彌補了這個問題。

『喔？今天是熊啊。』

雙方都是在第二、三座山途中那口建造中的溫泉邊會合。

今天，池邊倒了一頭體型壯碩，毛又黑又濃的熊。

「我們本來也希望能和平共存……」

以人形恭候的瑟莉姆她哥幾個表情鬱悶地說。

由於他們是闖入山野，要作生意引人入山，免不了與林中居民起點摩擦，而動物之間也是如此。這頭大熊在建立現在的地盤之前，應也是藉武力奪取了其他野獸的地盤。

不過，他們總是為這樣的狩獵過意不去，感到心痛。

雖然覺得無奈，但也對他們頗有好感。既然他們要開的是給聖地巡禮客住的旅舍，這樣嚴肅看待生命的態度一定會有所幫助。

「能請各位好好享用，骨頭也別浪費，做成工具之類的嗎？今天也一樣，會肢解以後讓您帶走。」

『嗯，麻煩了。』

對瑟莉姆使個眼色，她便請她哥幾個解下背上麻袋，然後甩甩頭和身體，整理毛髮。

在眾人各取工具，開始肢解大熊後，咱保持狼形，踏入仍然簡陋的溫泉。

看來水脈真的很深，稍微挖了一陣子也不見池水上升。而且泉水是從平淡無奇的平地上滲出，一下就漫成一大片，水量又少，溫度自然不高。

可見紐希拉能發展成今天的溫泉鄉，是有它得天獨厚的條件在。

這天，礙事的東西終於清光，可是狀況到最後仍不見好轉。這麼一來，就算整個肚子貼下去，也只會弄濕腹毛而已。

『要挖哪裡，水才會大把大把噴出來吶？』

踏水一走，水裡隨即揚起大團泥沙，變得一片混濁。咱用爪子輕輕刮地，尋找可能的湧泉點，但怎麼也找不著。

「赫蘿小姐的爪子也挖不出來嗎？」

說話的是瑟莉姆，正在用泉水清洗整個染紅的下臂和小刀。約在這裡見面，也是為了方便清潔。

眾人不一會兒就剝下熊皮，用大柴刀分解成各大部位。

瑟莉姆似乎手還算巧，即使手臂細瘦也能迅速剝皮。

『既然水量這麼弱，亂挖也只會弄出一池涼水唄。』

即使瑟莉姆以人形走進去，水深也只到腳踝而已。

直接找其他溫泉沒準比較省事。

「赫蘿小姐，都準備好了。」

咱隨這聲轉頭，見到熊皮晾在樹枝上，肉都以生長在沼澤邊的光滑大葉片包起。熊皮要是帶回旅館，一定有很多人想知道究竟是誰在哪獵的，所以讓瑟莉姆她哥幾個下山拿到鎮上賣錢。由於他們的工作性質與紐希拉相近，算是商敵，這樣的關係不能公開。

『那就全裝進麻袋裡唄。要是叼著帶回去，說不定到家前就全沒了。』

「畢竟這頭熊很肥嘛，沒問題。」

瑟莉姆笑著裝袋時，咱又說：

『啊，記得留下汝等自己的份。獵物就是要大家一起分享。』

要是不出聲，他們定會交出全部的肉。雖然被他們敬重成這樣讓人有點喘不過氣，不過倒還挺可愛的。

來時是瑟莉姆背東西，回程就換咱了。

咱趴下來，讓她哥幾個在背上堆放裝滿肉的麻袋，調整位置。這當中，咱的眼都盯著連池塘都算不上的溫泉積水。原本想瞞著伴侶挖溫泉，完成之後看看他驚訝的表情，但恐怕有重新計畫的必要了。

咱對旅館的溫泉並無不滿，也不是非得找個能以狼形自由出入的溫泉不可。

然而望著林中積水般的溫泉，咱發現自己其實不是普通地失望。對此，甚至有點錯愕。

「……小姐？赫蘿小姐？」

『唔。』

甫一回神，發現瑟莉姆他們全盯著咱看。似乎已經叫了好幾聲。

『抱歉，咱在想事情。』

「溫泉的事嗎？就讓我們在這山上幫您找找吧？」

大笨驢。咱不禁暗自自責。

『那倒是不必。咱只是偶爾也想用獠牙和爪子玩玩，像挖洞之類的。』

「是這樣的嗎？」

『好了，趁時間還早，快回去唄。汝等明天還有事要做唄？』

站起身，能感到麻袋在脖子上綁得很穩。從背上的重量來看，似乎有不少肉能吃，漢娜會很高興唄。不過想到要曬或醃等加工，就覺得有點麻煩。

「啊，有件事想請教您。」

『說唄。』

「下次想要什麼獵物？這次難得有熊，每次都吃鹿可能會膩。」

真貼心。咱不禁讚嘆。

『咱想想啊。』

腦袋裡冒出的是山鳥或松鼠之類的小動物。小獵物雖然肉少，但滋味香濃，非常好吃。不過他們太過正直，不懂變通，恐怕難以用陷阱抓小獵物，所以乾脆不說了。

『沒關係，鹿也不錯。這樣咱那口子就不用另外進貨，省了不少麻煩。』

「遵命。」

瑟莉姆她哥幾個如同目送國王離去的衛兵般低頭敬禮，讓咱苦笑著對瑟莉姆使個眼色，動身離去。

感受著背上熊肉的重量，咱輕盈地碎步穿越夜晚的森林。途中忽然有個疑問，起因是瑟莉姆她哥的話。

——每次都吃鹿可能會膩。

對不值一提的溫泉積水失望，說不定是過膩旅館生活的表徵。

雖覺得不會有這種事，然而摘野菜嫩芽不禁睡著，還以怪方式睡昏頭的那當下仍記憶猶新。旅館的生活和麥田生活差不多，不斷重複同樣的事。再說自己當初對瑟莉姆有怎樣的期待？不是挺真心地希望她能掀起一些波瀾嗎？

咱明白無論任何事，做久了都會習慣，不過接不接受是另一回事。能否忍受也一樣。

不，自己對現在的生活並無任何不滿——即使如此告訴自己，也覺得虛假。畢竟沒有人會因為過得比昨天快樂而難過。

即使腦袋不斷在這件事上兜圈子，四條腿仍自顧自地向前奔馳，帶咱回到旅館。和什麼都不做，時間也不會停止流逝一樣。

瑟莉姆回復人形，替咱拆下裝肉的麻袋時，咱心中有股莫名的焦躁。害怕自己若繼續漫漫度日，說不定會變成那灘積水。成不了池塘或溪流，溫暖歸溫暖，但頂多只能浸濕腳踝。

而且等到幾十年後誰也不在了，濕濡的毛會使身體發冷，還只能打噴嚏給自己聽。

以旅館營生經過十餘載，咱敢說自己與伴侶的感情已深到令人傻眼的地步，但同時也失去了新鮮感。儘管繆里出生後，每天都要颳起一陣旋風，可是這個獨生女也隨寇爾小鬼離開了。

可以想見，此後生活的重複性會愈來愈高。

屆時想得起昨天、前天、大前天分別做過些什麼嗎？能發生多少百年後回顧過去時想得起的事？再這樣下去，事件恐怕不夠讓人浸在淹過肩膀的溫暖回憶裡度日。對此，咱漸生不安。

咱一邊亂糟糟地這麼想，一邊將從脖子解下的肉堆進關於後院的地下冰窖。冬季滿院子的雪雖然留不到夏天，但只要塞進冰窖，夏天也有冰可以消暑，堪稱是種了不起的智慧成果。不過就連森林裡的松鼠，在秋天也會孜孜不倦地掩埋樹果。

那麼，自己是不是也該這麼做吶？

瑟莉姆眨眨泛起睡意的眼睛，回房去了。

目送她離去後，咱也回到寢室。

手剛扶上門，略歪門板的縫隙間就透出燭光。吸一口氣，除伴侶的氣味外，還有獸脂燃燒的獨特氣味、羊皮紙的氣味，以及令人想起寇爾小鬼的墨水味。

門後，伴侶正裹著被子蜷著背，提筆振書。

「喔喔，回來啦。」

他注意到咱而轉頭，表情很睏了，但似乎寫得很開心。

不過這張熟悉的容顏，已和邂逅時略有改變。不只是因為燭光的影響，他臉上真的有歲月的痕跡。旅館的生活雖是無盡的重複，可是時間之流並非如此。

平時泉湧不止的溫泉也可能日漸枯竭，變成只能浸濕腳踝的積水，最後一滴不剩地乾涸。

即使明知終有結束的一天，同時，卻也太過大意了。

自以為只要做好心理準備，就能毫無疑問地享受這段時光到最後一刻。

「嗯？怎麼啦？」

咱沒回答疑惑的伴侶，大步走過去，從背後擁抱他。

伴侶有些驚訝，但似乎當成了平時的小動作。

什麼也沒多說，手抱胸般圍住後腦，撫摸咱的頭。

「妳身體好冷啊，泡個溫泉再睡覺怎麼樣？」

「……嗯，汝也聞起來酸酸的。」

「咦！」

伴侶不相信自己這麼不檢點，連忙把鼻子埋進袖子猛聞。墨水的氣味，讓伴侶聞起來是一身酸。當然，是故意讓他誤會的。

「好了，去泡溫泉唄。」

咱放開伴侶，後退一步。

來到可以自由泡溫泉的紐希拉之後，伴侶變得很愛乾淨，靠馬車營生時只是大概整潔就好。

咱替他取下背上的被子並掛上椅背，他雖仍有點在意體臭，但還是站起來打個大呵欠。

「嗚～～……咯、咯、咯……啊啊……以前還能工作到天亮呢。」

說得像是玩笑話，不過這是事實。

且終有一天，他將一睡不醒。

可是，這又能怎麼辦呢？

儘管自然法則令人卻步，至少伴侶還在眼前。

能做的事還有很多。

當下，就別胡思亂想、鑽牛角尖，盡情做開心的事唄。和伴侶剛開始旅行那時候，就因為經常忘記這個原則而鬧出一些麻煩事。

「瑟莉姆她哥那邊分了咱們一些熊肉，汝就大吃一頓補補身子唄。」

「喔喔，熊肉。忘了什麼時候，有人跟我說熊最好吃的就是熊掌，不知道是真是假。」

「熊掌？那種地方要怎麼吃啊？」

咱們如此閒話家常，並肩走向溫泉。

路上咱小心注意，不讓牽著伴侶的右手太用力。

明明過得很幸福卻無法滿足，讓咱好恨這樣的自己。

這天的時間，同樣都耗在摘野菜嫩芽上。

在山頂積雪消融前，這樣的反覆作業不會結束。

原本就覺得這種事很麻煩了，現在更是認為不該把時間浪費在這裡。

應該要竭盡所能地累積各種回憶，以備必將到來的寒冷孤寂。

為此，有必要讓各種大小事像溫泉一樣滾滾湧出，好作為回憶的原料。

「跟先生吵架啦？」

漢娜看著咱簍中的嫩芽，隨口問道。

「汝、汝怎麼突然這樣問呀？」

咱緊張得賢狼之名都要哭了。

漢娜聳聳肩說：

「因為您的嫩芽摘得很粗糙。」

「……咱們才沒吵架。」

身體巨大的時候，有心事也好藏得很。人的身體這麼小，什麼都容易洩漏。

不過咱們的確是沒吵架，漢娜受不了的表情有點可惡。

「不說這個了。冰窖裡堆了很多熊肉，今天就拿多一點出來燉唄。」

咱留下這話就動身前往下一項工作，但又臨時止步。

「別跟咱那口子亂說喔，咱們真的沒吵架。」

即使說這樣話反而更像吵過架，但若不交代一聲，讓伴侶多操心也不太好。

畢竟咱對現狀並無不滿，只想自然快樂地過活。

「好好好，知道了。」

有時候，咱反而覺得漢娜的年紀比自己還要多上兩倍。

應該是自己的人形像小孩才會這麼想。咱對自己這麼說。

「啊，用大蒜還是生薑來燉呀？」

咱認真想了想，回答大蒜。

接著前往旅館後方。

愈是接近，獨特的野獸臭味愈是纏繞鼻頭。明明上桌時香得令人口水直流，燉煮當中卻臭得難以接近，真是奇妙。

屋後，瑟莉姆一副自暴自棄的臉，不斷攪動大鍋。

「來，換咱做唄，去吸點新鮮空氣休息一下。」

「赫蘿小……姐，咳咳、咳咳。」

鼻音很重，眼裡還含著淚水。瑟莉姆簡單敬個禮就將攪拌棒交給咱，搖搖晃晃地離去。可能是年輕人鼻子更靈，加倍難受。

鍋裡煮的是從熊肉削下的脂肪，準備做成獸脂蠟燭。

攪拌均勻後，還得挑出混在其中的肉骨殘渣。要是挑不乾淨，點火時會產生黑煙和惡臭。接下來，胸腔要被脂肪的味道侵占一陣子了。

平常這種事都是鼻子鈍的寇爾小鬼來做，或是抓到繆里惡作劇之後用來處罰她。不過現在沒人手，只有咱和瑟莉姆能做。

添柴、攪拌，看見浮渣就用攪拌棒撈除。

第一次幹這差事時，只知道讚嘆蠟燭原來是這樣製成，不怎麼在乎氣味。而如今成為日常生

活的一部分後，對它只有滿腹牢騷。

既然都是蠟燭，做芬芳的蜜蠟就有趣多了。

咱只能遙想著蜂蜜的甜美香氣，和眼前的現實搏鬥。這之後還有工作要做呢。

「唔……做好蠟燭之後，再來是檢查還剩什麼乳酪唄。」

春季也是製造乳酪的季節，得開始為下一季盤算該進哪些乳酪，向師傅下訂。乳酪種類是五花八門，有的耐用有的易壞，有的簡單有的工序繁複。

而且，還不能只想著自己餐桌上該有哪些乳酪，得替客人的口味想想才行。

由於第一組客人來得比預測早了許多，自然得提早向師傅下訂，不然就只能給客人吃冬季剩下的乳酪了。這樣的怠慢很容易被客人發現，傳出惡名。

「然後……對了，訂完乳酪以後，要把剛送來的羊毛搓成毛線，再來是縫補脫線的那件、那件跟那件……啊！差點忘了，搓線用的鉛錘被繆里搞丟，還沒重買嘛！不知道倉庫裡有沒有東西能代替……對了……還得打掃一下倉庫，不然夏天會有很多蟲……就只有蟲不聽咱的話，難搞得很喔……那這樣該從哪個做起呢？唔……」

一圈又一圈地攪拌脂肪，腦中各種思緒也跟著混成一團。

好懷念都在馬車貨台上悠哉午睡的旅行生活。

喔不，是因為寇爾小鬼和繆里不在才忙成這樣的。

這樣的變化，也讓咱這陣子痛感自己原本過得是如何墮落的生活。

雖然現在忙到沒時間煩惱，但想到這種生活會變成常態，心裡就發毛。

咱並不討厭工作。

只是想避免驀然回首時，才發現快樂的時光已全部溜走。

「若不想個辦法，恐怕不妙啊……」

那口流量弱小的溫泉積水，在腦裡揮之不去。

與其這樣，不如在鎮上開間小店，天天和伴侶在門口招攬客人還比較好。咱甚至開始有這種無謂的想法。

相信那也一樣，天天都有忙不完的事。而且鎮上到處都是人，耳朵尾巴藏不住，長相也不會老的咱恐怕住不下去。

「唔唔唔……」

咿嗚的同時，咱所攪拌的脂肪也不滿到了極點般開始冒泡。

話說回來，等瑟莉姆完全做慣這些工作後，這種忙碌或許就會自動消解了。或者等瑟莉姆她哥那邊蓋完旅舍，狀況穩定以後，再跟他們請一個人來分擔工作也行。

沒錯，再忍一陣子就沒事了。既然如此，就來想怎麼增加和伴侶的回憶唄。

咱對自己這麼說。

「好，差不多要過濾起來做蠟燭了。」

在鍋緣敲敲攪拌棒後，咱叫來瑟莉姆幫忙。只要專心地做，工作總會結束。過了中午，又有一批新客人來到，接著就天黑了。

晚餐後，咱帶著疲憊的身體回到寢室，發現伴侶愣在桌前。

「怎麼啦？」

剛猜想是桌上的羊皮紙被繆里亂塗鴉，就想起繆里已經遠遊去了。

所以是怎麼了呢？伴侶回過頭來，表情滿是歉意。

「在妳生氣之前，我先跟妳道歉。」

「唔，嗯？」

伴侶解釋道：

「新來的客人也帶了羊皮紙來。」

他背後是比昨天多上一倍的羊皮紙疊。看來到處都有人在打一樣的算盤。

寇爾小鬼和繆里的旅程真的給這世界帶來了不小影響呢。讚嘆之餘，咱發現伴侶還是苦著臉，說不定還有更糟的事。

「就這樣嗎？」

一問，伴侶得救似的吐出屏住的氣，慢慢搖頭。

或許是很難主動開口的事。

「……先前還有住其他旅館的人，跑來問我同樣的事。」

「……」

看來暫時是不能和伴侶共享愉快的夜晚時間了。

不過工作堆成這樣，說不定也算是件人生大事呢。未來回想起來，說不定能記得很清楚。而且，能和伴侶一起工作也不錯。兩人坐在一起，陰暗井口的蓋子就能緊緊蓋上。

只要這麼想，感覺就好多了。

「沒關係，抱怨也沒用，不是嗎？」

所以咱開明地這麼說，讓伴侶十分意外。

「怎麼，以為咱會生氣啊？」

這種時候，伴侶總是老實得可以。

「因為這下連午覺都沒辦法睡了嘛……」

「大笨驢。」

咱笑著關上門，輕盈地走到桌邊。

羊皮紙堆成這樣，真教人嘆為觀止。

「話說，這應該能大賺一筆唄？」

「至少對得起我們這麼辛苦。想要什麼就說吧。做完這些，連蜜漬桃都買得起。」

據說價格相當於等重黃金，非常奢侈。

既然原本是旅行商人的伴侶敢開空白契約，表示這差事真的很賺。

「嗯，咱想想看。」

「記得，不是無限量的喔。」

竟然不忘叮這種囑。

咱聳個肩，輕踏一腳。

「那麼，咱們就趕快開始唄。」

「也對，時間寶貴。要是動作太慢，說不定同樣的事會愈堆愈多。」

「分點給瑟莉姆做怎麼樣？」

雖也覺得再繼續給她加工作可能不太好，不過伴侶已經是有點為難的臉。

「我也很想找她幫忙啦……」

伴侶話先說一半，往門看一眼之後耳語：

「可是讀寫之類的事，她好像不太行。」

看來和白天的工作不同，她不太擅長這方面，容易唸錯寫錯。

「而且她白天很努力工作，晚上說不定容易想睡。」

寇爾小鬼是對念書有異常熱情，會用含沙、啃洋蔥之類的方法驅趕夜間睡意。要瑟莉姆做這種事，未免太過分。

這時，咱忽然想起一件事。

「可是咱們到山另一邊換東西的時候，她好像沒那麼想睡呢。」

回程上難免會有點睡意，但不至於頭昏眼花。

「就只是不擅長而已吧，看字就想睡。像繆里那樣。」

聽見女兒的名字，咱就懂了。

「看來在這一方面，咱也不落人後呢。」

「得意什麼啊。妳看字是沒問題，不過寫起來就……我說約伊茲的賢狼大人啊，把字練得好看一點，比較合妳的身分吧？」

痛處被伴侶說中，咱一眼瞪過去。

「咱的字已經好很多了，再說咱這個樣子也只是偽裝而已，手不靈活也是沒辦法的事。」

「撈鍋子裡的肉倒是很快。」

獠牙一露，伴侶就若無其事地轉向一邊去。

「大笨驢。字記得再多，肚子也不會飽啦！」

「……妳怎麼跟繆里講一樣的話。」

「汝說什麼！」

往低聲抱怨的伴侶咬一口，伴侶跟著神氣地聳聳肩。

「好了好了，趕快開始分吧。」

伴侶也變得不會一味挨打了。

咱並不討厭這樣拌嘴。

「真是的，大笨驢。」

咱喃喃地拉張椅子過來，和伴侶的椅子併攏。背上的被子，當然是兩個人圍一條。這樣倒也不錯。

就牢牢記住曾經有過這段往事唄。

咱這麼想著，拿起第一張羊皮紙。

叩。放置木製餐具的聲響使咱睜開眼睛。

午餐已結束一段時間。可能是閒下來的漢娜拿東西過來了。

「辛苦啦。」

「……葡萄酒呀？真難得。」

趴在桌上的咱坐起身，冒著白煙的溫葡萄酒香勾動鼻子。
漢娜這麼勤儉的人白天就主動拿酒出來，一整年都不一定能見到一次。
就在咱感激地捧起酒杯時——
「嗯，這啥？」
桌上還有個大木碗，裡頭裝了陌生的東西。
「客人送的土產。先生出門前要我拿出來。」
那是某種抹滿砂糖的點心。砂糖這種東西，要到山腳下的河畔城鎮搭船到海口，再換艘船更往南下，然後在夏季長達半年以上，擁有偏綠清澈海水的明媚國家靠港，在那和來自更南方的貿易船才買得到。
如果能像鹽這樣直接從大地取得，在那種地方整天舔土地過活也不賴。
雖然用這麼棒的調味料令人驚嘆，不過漢娜的話更教人在意。
「……他故意瞞咱嗎？」
漢娜不覺得哪裡有錯似的聳聳肩。
「被您發現，一定馬上吃光光嘛。」
「大笨驢！」
咱又不是繆里。拿一片起來看，感覺很不可思議。

像是某種水果切片後做成糖漬，形狀歪歪曲曲。

這是水果嗎？丟進嘴裡後，咱嚇了一跳。

「這是薑啊？」

「現在一沒太陽就冷得跟冬天一樣，吃這個有助保暖。」

「嗯嗯，嗯嗯……嗯嗯嗯！」

砂糖的顆粒口感和甜味，以及隨後妙不可言的薑味、刺激味蕾的辣味，讓尾巴和耳朵的毛都豎了起來。溫熱的葡萄酒流過辣得發熱的喉嚨，也真是舒坦。

竟敢偷藏這麼棒的東西，簡直豈有此理。

咱沙沙沙地大口嚼著糖漬薑片，對漢娜問：

「全部就這樣？」

「先生要我每次只拿一點出來吃。」

根本和教訓繆里時說的一樣。雖然很想叫漢娜馬上拿出來、快點拿出來、全部拿出來，不過這麼一來，之前說的「被咱發現，一定馬上吃光光」就成真了。這種事，賢狼非避不可。

然而這東西的魅力還是難以抗拒。

這幾天與羊皮紙搏鬥下來，腦袋都好像要燙熟了。

現在端這種又甜又辣的美食出來，根本是種暴力。

即使貴為賢狼也只能翻肚投降。

在那之前，咱好不容易保住理智，說：

「少、少來，不趕快吃完，壞掉就糟蹋了。」

「糖漬的東西沒那麼容易壞啦。」

「可是還有蟲或老鼠——」

「放進冰窖就沒事了。」

在餐飲上，這間旅館沒人比漢娜強。

而且再繼續拗下去，恐怕連眼前的碗都會被收走。

「嗚嗚……」

「慢慢吃不就好了嗎？這樣樂趣才會持久。」

「大笨驢，一口氣吃完也有它的樂趣！」

漢娜聽了只能無奈嘆息。

其實漢娜說得也沒錯，而且現在嘴裡火辣辣的。

於是咱一咬牙，轉頭不看木碗並推向漢娜。

「汝就收起來唄……」

「哎呀呀，今天真老實。那麼，我就趁您改變心意之前趕快收走吧。」

「啊。」

趕在最後一刻前求情似的再拿一片，漢娜沒轍地笑。

「先提醒您，我會收在您也找不到的地方，翻也沒用。」

說的還是跟罵繆里一樣的話。甚至令人懷疑會不會是長得一樣，所以弄錯了。

「大笨驢。」

「我才不笨。要是您為了找這個而亂翻菜櫃，事情就麻煩了。我會封得滴水不漏，靠您驕傲的鼻子也聞不出來。」

「嗚嗚……」

餐飲這塊占了旅館裡最大的開銷，所以伴侶給了漢娜極大的權力。在廚房裡，漢娜還比老闆更像老闆。

而且伴侶還吩咐她嚴加管束咱和繆里。

廚房裡有各種立刻能吃的小東西，感覺很像是用來避免咱們吃掉真正重要的東西，跟陷阱差不多。

「虧咱工作得這麼努力，這個沒良心的……」

即使哀怨地這麼說，漢娜還是沒交出木碗。

「我是不知道您做了什麼，只聽說現在兩位正在忙的事做完以後，可以賺到一大筆錢。到時

候，要吃糖漬還是什麼都能當作酬勞跟他討吧？」

「討是一定會討，問題是不知道什麼時候做得完喔。」

咱又趴回桌子，而這不是演戲。

旅館現在住了幾組客人，樂師也回來了，熱鬧不少。只要有歌舞，客人就能在溫泉裡泡上一整天，不怎麼需要伺候。

看情況，縱然仍有所緩急，閒暇時間總歸是增加了。

不過，目前咱將所有閒暇時間都投入在羊皮紙上。不這麼做，羊皮紙永遠分不完，要是再有人來拜託，弄不好得一路拖到秋天去。

當然，做不來拒絕就好。可是一想到客人急著想減肥，是因為寇爾小鬼和繆里下山冒險的緣故，不敢說自己沒有半點責任感。

況且伴侶還以快累倒的表情說，接這些工作對未來很有幫助。

既然伴侶認為有幫助，就只好做下去了。

「可是那頭大笨驢賺那麼多錢到底想幹什麼？」

咱懶懶地在桌上拄臉嘟噥，目送漢娜收走糖漬薑片。旅館應該經營得很順利才對呀，難道他想再開一間？買個蜜漬桃給老婆吃都那麼囉唆了，不太可能。大笨驢那種本末倒置的毛病，在開了旅館之後就少了很多。

能確定的是，得先盡早處理完自己的工作才行。

「好，努力工作嘍！」

一口喝光漢娜斟的葡萄酒，邁向寢室。

伴侶有村裡工作要忙，先出門了。從他留下的氣味，聞得出他直到出門前一刻都還在翻羊皮紙。

見被子掛在椅背上，咱抱起來聞一聞。伴侶的味道還很濃。

「……呵呵。」

葡萄酒和生薑的功效相輔相成，全身暖呼呼的。來自浴池的樂曲，從敞開的木窗微微飄來。

好一個閑靜舒適的午後。

咱想著「睡一下就好」並躺上床，轉眼就不省人事。

趁這機會，對許可證作點介紹好了。

首先是金、銀、銅、鐵、鉛、水銀、硫磺，或一次包含上述多種礦石的採礦許可證。還有交易、計量、評鑑、任命鑑定員、迴避鑑定等許可證。

小麥、大麥、黑麥、燕麥的許可證，將依城鎮規模劃分等級。不僅稅金有差，還與其他作物

不同，作飼料的麥稈部分利用方法會隨等級變化。若挪作啤酒原料便不再當糧食看，以葡萄酒、水果酒乃至兩者之蒸餾酒的相關許可證管理。因為這個緣故，酒的定義是爭執不斷。然而有些許可證甚至可以無視其定義，或是請特定城鎮的特定審訊官裁定爭執。

這樣的系統在肉、魚、毛皮、金屬加工品、木材加工品……等各方面全都存在，應有盡有。

「……人類社會根本是無底沼澤嘛？」

咱累得連喊膩了不聽了的力氣也沒有，只能喃喃這麼說。

「看來妳對這個世界開始有點概念了。來，只剩這麼點羊皮紙了。」

燭光下，伴侶的臉一點也不會讓人想到「是不是老了點」等煩心的問題。隨著工作逐漸接近尾聲，伴侶臉上一天比一天更有活力，令人想起從前。

他不時說著：「妳看，這是雷諾斯皮草買賣的許可證！」「原來還有凱爾貝碼頭工人管理權的許可證啊？」「有留賓海根的黃金進口權耶。當年要是有這東西就不用那麼辛苦了。」翻得雙眼直發光。

見到某些許可證顯示出過去所沒發現的城鎮聯繫時，他的神采比嘗到任何美酒美食都更為強烈。

甚至還會咿咿唔唔地說：「這個東西在那裡跟那裡有特權保護……所以在那裡買來賣就能大賺一筆了……呵呵呵……」之類的夢話。

不過，一面偷看伴侶這樣的側臉一面翻羊皮紙，還是不怎麼好玩。

每當發現遠離紐希拉，曾與伴侶一同冒險犯難的地名時，他總會顯得很開心。自己也是這樣，所以這部分是無所謂。

當時沒有一再重複的生活，每天都是新鮮事。在那段短短的時間裡，滿之又滿地堆積了各種閃耀的回憶。

先受不了眼花撩亂的生活，喊著投降的不是別人，就是咱自己，伴侶也是順咱的要求才結束冒險生活。如今伴侶替咱實現了願望，即使仍忘不了往年的冒險，但看不出絲毫後悔。

換言之，伴侶單純是用眺望汪洋彼岸的眼神緬懷從前。

即使明知是自己任性，咱還是覺得這樣的伴侶有點無趣。

如果他是用戀戀不捨的表情回想舊日旅程就好了。

這樣就能罵他怎麼還學不乖了。

還可以這樣說：

「既然汝不繼續冒險，那咱——」

一邊抄寫鹽的關稅許可證地名，一邊聽伴侶為發現可免費通過樂耶夫河稅關的許可證而樂得滔滔不絕時，不小心脫口而出。

伴侶突然安靜下來，咱才發現自己說出心裡的話了。

「……」

抬起頭，見到伴侶疑惑地盯著咱看。

「……沒事。」

咱隨即將視線拉回鹽的許可證。伴侶沒立刻說話，再看一眼先前激動閱讀的許可證，輕聲說道：

「我不會去冒險啦。」

咱明白。

所以「咱」之後接的不是怨言。

「我問妳。」

伴侶又說：

「妳是不是有心事瞞著我？從瑟莉姆來這以後，妳一直都怪怪的。」

咱嚇得耳朵和尾巴的毛都豎起來了。

儘管如此，咱還是這麼回答：

「咱要瞞汝什麼呀。」

伴侶擦擦鼻頭，可能是在憋笑。

「少裝了。」

他的手輕輕拍在咱頭上。

「妳是我老婆嘛。」

這話像一小撮羊毛鑽進耳裡，讓咱背脊發癢。

心頭忽然一揪，淚泛眼眶。

「……大笨驢。」

「不過妳看起來是真的心情還不錯，和瑟莉姆處得也不錯，所以我實在搞不懂妳是怎麼了。我是怕操不必要的心會惹妳大發雷霆，才偷偷觀察到今天。」

伴侶注視咱的臉，咱的目光也無法從伴侶臉上移開。

「……」

「……」

兩人誰也沒再說話，沉默籠罩房間。

伴侶吐出屏住的氣，倒向椅背。

壓出嘎吱一聲。

「繆里和寇爾走了以後，妳好像失了魂一樣。」

旅館裡非常地靜。

「妳是厭倦了這種生活嗎？」

伴侶淺笑著問。

「咱才——」

這是伴侶費盡苦心經營起來的溫泉旅館，也是自己的家，生活起居的地方，當然不可能說走就走，拋下這裡去旅行。

可是咱無法說到最後。是不是想旅行這種問題，最近也有過一次。

咱也不太了解自己究竟是怎麼想。

「不知道……」

聽咱說了實話，伴侶笑著說：

「我最近還覺得自己老了很多，可是妳還是很年輕呢。」

「……咦？」

這難為情的聲音，在喉嚨深處幾乎成了哭聲。

往伴侶一看，他臉上笑容更深了。這表示自己的哭相也變得一樣深了唄。

「看著繆里，我總會覺得年輕人就是那樣。所以要是某隻老成的狼有點過膩了旅館的生活，我也不奇怪就是了。」

「這……」

咱說到一半搖搖頭。用力地搖。

「咱才沒膩，沒有這種事。」

可是咱的心並不平靜。光是過著圓滿的每一天，的確有種難以排解的不耐。

不管怎麼想，這都是種身在福中不知福的任性想法，也是伴侶怎麼也無法解決的事。

畢竟時間絕不可能停留或倒退。

因此，咱很猶豫該不該說實話。伴侶心腸特別好，怕他會過於擔心，甚至傷心難過。

見咱難以啟齒，伴侶略顯失落地笑了笑。

「妳們狼該不會都很愛面子吧？瑟莉姆那時候也一樣。」

伴侶會為咱擔心、聽咱訴苦，而且就在咱伸手可及的地方。然後，不會永遠存在。

若有話想說，就該早點說出口。

於是咱用力嚥下哽在喉中的東西，慢慢開口：

「咱不是過膩了旅館的生活。」

「嗯。」

伴侶點個頭，稍微往桌上伸手，修剪燭心。燭火跟著變大、轉亮。

「然後呢？」

「咱也習慣每天重複的生活了。因為咱……咱好歹也看了好幾百年麥田嘛。」

季節週而復始。時間一去不復返。

「而且現在很幸福，非常幸福。」

咱抓起伴侶擺在桌上的手，戲謔地交纏手指。

「可是……每天都沒變化。今天和明天一樣，明天和後天一樣，上個月和去年的上個月差不多，下個月和明年的下個月也沒什麼不同，不是嗎？繆里那小笨驢和寇爾小鬼走了以後，狀況又更嚴重了。」

伴侶的手指稍微用力勾住咱的食指。

手指的皮膚比作旅行商人那幾年軟得多了。

「活在幸福中，那些曾經重要的日子就會慢慢融化在記憶裡……即使是賢狼，也記不住生命中每一件事。咱，就是很怕這種事。因為……」

說到這裡，咱終於有勇氣看伴侶的臉。

一張無論緊盯多久，都總有一天再也看不見的臉。

「因為……」

「因為我不能永遠陪在妳身邊嘛。」

伴侶這麼說，在咱額上輕輕一吻。

那是兩人都心知肚明但刻意不提，雙方默默之中決定視而不見的事。斯威奈爾的遭遇中，因為瑟莉姆與她哥的話而在多年後重新面對的事。

伴侶使勁地摸著咱的頭說：

「等到我們不在了，妳可以到瑟莉姆的旅舍那和他們一起住這種事，說穿了也總歸是個保險而已，不能讓失去的東西回來。」

在咱看來仍像個小嬰兒的伴侶，平靜地對咱笑。

「這些我都知道，所以常常在想該怎麼做。我是打算盡可能多留一點東西給妳，不過覺得妳一定會生氣，就瞞著妳偷偷做了。」

咱倒抽一口氣，注視伴侶的臉。

知道他這麼為自己著想，咱非常感動，但也因為他眼中注視著終點而悲愴。

兩種情緒在咽喉裡交撞，令人痛苦不堪。

伴侶說得沒錯，要是他說出來，咱一定會忍受不了這份痛苦而發火。

大罵：「不要想那種事！」之類。

「可是妳很怕寂寞，又喜歡抓著捲成一團的毛毯睡覺，所以我得想個不會讓妳冷得發抖的法子。」

「啊？咱、咱才沒有……」

咱耳朵高豎，羞得面紅耳赤。這麼小的身體實在容不下這種情緒，變狼就不會這樣了。

「於是呢，我想到了還可以的方法，也為了實現它而努力工作。後來寇爾和繆里下山，更加

快了這個計畫。」

「……唔，嗯？」

伴侶的手捧住咱的後腦，輕啜咱的淚水。

刺刺的鬍渣，告訴咱不是作夢。

「對了……汝、汝怎麼會接這種工作呀？咱一直很好奇。單純是為了賺錢嗎？錢要用來做什麼？」

「畢竟錢帶不上天國呢。」

「該不會是要給咱唄？」

在咱說「沒這種必要」前，伴侶不知為何擺出一副沒轍的臉。

「就算我留錢給妳，單獨留下來的妳還是會哇哇大哭，全部拿去買酒。或是對錢一點也不感興趣，又躲進麥田裡吧。」

「呃，汝說啥！」

「不過繆里這麼像普通人，我還是會想留筆錢給她作依靠就是了。」

伴侶看著說不出話的咱，溫柔一笑。

「所以啊，我想留下一個不管妳曬太陽也好，還是寂靜寒冷的夜晚裹著被子的時候，都絕對不會放開的東西。喔不。」

他不知為何突然改口，害羞地搔起頭。

「是原本想留啦。不過最近很忙，又沒有那種習慣……」

咱聽得一頭霧水，不耐地對伴侶低吼，他才連聲抱歉地陪笑說：

「我想寫書啦。」

「……寫書？」

伴侶聳聳肩。

「妳以前不也說過，希望我們的旅程能變成人們傳頌的佳話嗎？」

好像真有這麼說過。古老的傳說都是因為有人傳頌才能流傳於後世。

「可是口傳有它的極限。妳看這堆許可證，這個世界到處都充滿了一個人的腦袋裝不完的東西。」

即使和伴侶旅行過那麼多城鎮，新聚落總會有外表看不見的規矩，而且還肯定是實際上的一小部分。

「每天的生活也是如此。只要仔細觀察，就能發現每一天雖然很像，但還是會有細微差異。有時候，這些小差異可以帶給我們很大的快樂。例如妳的手被血蛭吸到之類的。」

咱莫名地害羞起來，想遮掩似的摸摸手腕。

「我就是想把生活中的小差異一條條全部寫下來，做成一本紀錄。還記得那個拜蛇神的村子

嗎，妳不是在教會艾莉莎的書房看過很多類似的書嗎？」

終於想起來了，的確有這麼回事。咱曾為尋找約伊茲的位置和從前的夥伴，在黴味濃厚的地下室讀過不少故事書。那都是某些人為紀錄過去發生的事而寫下的書。

「我想寫的，會比那更瑣碎、更詳細一點。不管其他人看得看不懂，妳看了會開心就好。這麼一來，只要看書就知道昨天就跟今天不一樣，去年跟今年也不同了吧？」

「唔、嗯……是、是沒錯……」

見咱同意，伴侶也滿意地頷首。

然而接下來的表情不像害羞，更偏為難。

「但是，我雖然一有時間就會去寫上幾筆，可是總覺得寫不好。經常怎麼寫都是生意的事，繆里出生以後，又滿滿都是繆里。」

這時，咱發現了。

「啊！就是汝沒事在寫的那個唄！那不都是在抱怨發牢騷嗎！」

詫異的疑問惹來伴侶的苦笑。

「因為照顧繆里真的很累人嘛……不過那不只是發牢騷，跟妳吵嘴的事也寫上去了，還有很多以後讀起來一定很好笑的東西。」

原來是這樣。咱差點軟腿。伴侶的確是有時想到就會寫下當天發生的事，原以為紀錄吵架的過程是準備以後用來翻舊帳，讓人忍不住在心裡咒罵：「哪有那麼小心眼的雄性啊！」

「不過我們的錢也沒多到可以準備那麼多紙，旺季時也真的沒時間紀錄那些東西。」

看來話題接回桌上這堆羊皮紙了。

「所以汝想賺錢買紙？」

「是啊。其實以前的事能夠記錄下來，都是因為貴族僱用修士當記錄員的結果。再來就是，大城鎮會為了展現自己的豐功偉業而編寫年表。而修道院的人，會接這樣的工作來賺錢。」

伴侶說得神采飛揚，令人想起貨台上那些年。當時他經常嚷嚷著：「這次發財了！不用淌混水也能大賺一筆喔！」露出一副呆臉。

與當年毫無改變的感覺讓咱先是一陣喜悅，但也為此揪心。

「然後呢？」

「首先呢，紙都握在修道院手上。只要給他們作點人情，就能買到便宜的紙。」

道理簡單得讓咱也表情略顯呆滯地點頭。

「再來，作修道院的人情還有一個特別的理由，那就是……」

伴侶的視線轉向桌面，隨手拿起一張紙。

但不是許可證，而是自己用來記事的便箋。

「就是它，為了這些字。」

「字……？」

「誰教妳字寫了那麼久都練不好嘛。」

「！」

咱被踩到尾巴般背脊一挺，一把揪起伴侶的鬍鬚。

「會痛會痛啦！別生氣、別生氣嘛！」

「大笨驢！咱的字可能真的是不好看，但也不至於看不懂啊！」

不管伴侶的字還是別人的字，咱就是無法理解人的文字怎麼分優劣。既然伴侶說咱的字醜，咱也不想否認，可是咱怎麼寫就是寫不好。

由於怎麼看都是「人手」的錯，被伴侶在無可奈何的事上挑毛病，實在教人難以忍氣吞聲。

「呃，等等、等等！我一開始也覺得妳是不習慣讀書寫字，可是妳做其他事的時候手還挺巧，我又看到了瑟莉姆的字，所以開始猜想其實有別的原因。」

「她的字？」

突然冒出瑟莉姆的名字，使咱很是錯愕。

「瑟莉姆的字……也很糟。」

「字也讀得很慢唄？」

「是啊。還有她犯的那些小錯誤。」

「……？」

拿錯麻繩、裝錯蠟燭、不時絆腳跌跤、東西沒拿好等問題，會有怎樣的共通點？

這又和作修道院的人情有何關聯？

要跟神祈禱才有救嗎？

究竟想說什麼？

「那就是，妳們的眼睛其實不太好。」

「咦？」

咱聽傻了眼。

接著想的是「怎麼可能」。

「哪、哪有這種事。咱看得很清楚呀，還能在黑漆漆的森林裡自由自在地跑呢。」

「那妳描這個字看看。要跟看到的一樣喔？」

伴侶指著一個字說。那是咱認識的字，馬上就寫出來了。扭動手腕畫一個圈，向右爬出一條小蟲，再往左下稍微一撇。

感覺寫得還不錯。

「真的是照看到的描了嗎？」

「嗯。」

伴侶兩肩上下一動。

「妳描的是瑟莉姆的字，而且有一點點不一樣。」

「啥！」

「妳的眼睛沒那麼糟，所以我不敢確定，可是她就很糟了。我想她經常絆倒，原因就出在眼睛。最近狀況好轉，是因為她熟悉了這裡的擺設吧，或是靠氣味記住的。」

這番話讓咱想起黑夜的森林。沒錯，那種時候都是憑藉狼的鼻子和耳朵來奔跑。

驚訝之後，是一陣猛烈的哀悽。想到自己可能從來沒看清伴侶的臉，不禁悲從中來。

然而另一方面，咱不曾感到自己視力不佳也是事實。

所以究竟是怎麼回事？疑惑煽動怒火之餘，理性找到了另一條出路。

或許是自己本來就是這樣，所以始終認為這樣才是正常。

可是這種事又能怎麼辦呢？

「所以怎樣？要咱像寇爾小鬼那樣，求神把咱的眼睛變好嗎？」

「才不是，所以才需要修道院。」

伴侶用食指和拇指圍成圈，貼在臉上說：

「要跟他們拿閱讀鏡。」

「閱讀鏡？」

「旅行的時候應該有給妳看過吧？有時候水珠滴在葉子上，不是會把葉子上的紋路放得很大嗎？把玻璃加工成那種形狀，再仔細打磨之後就是閱讀鏡了，可以把字放大來看。有錢的修道院應該有很多品質不錯的閱讀鏡。」

有點難想像，但伴侶不像在說謊。

姑且表示接受地點點頭後，伴侶將手指圍成的圈擺到咱臉上。

「聽說，也有可以戴在臉上的閱讀鏡。這麼一來需要比較大的玻璃，磨起來很困難，價格三級跳，可是能讓人把這個世界看得更清楚喔。」

然後把看見的事和過去沒發現的事，全寫成文字保存下來就行。

宛如冰窖堆積的雪，松鼠埋在森林裡的樹果。

伴侶指頭圍成的圈另一邊，是他得意的笑臉。

不知為何，感覺比平常更近了。

「能戴在臉上的，目前還沒有能力買，不過拿在手上放大文字的就買得起了，然後還需要一大堆的紙。東西準備好以後，妳再把字練好一點，把想記住的事全寫下來就行了。」

不是平白等待永難忘懷的大事，而該紀錄每天的小事。畢竟旅館生活不是令人厭煩，就只是記不住罷了。每天發生的事，都值得珍惜。

原本的問題，就只是害怕記憶會像那灘溫泉積水，放著不管只會慢慢擴散，肚子貼地也只能沾濕一點毛而已。

若將記憶寫成文字，就能永遠保溫了。

「我會努力賺錢買紙墨，妳就儘管放手去寫，讀不完也無所謂。如果讀到最後就會忘了開頭，就永遠讀不膩了吧？」

聽不出來哪裡是玩笑話，感覺每個字都很認真。

且不論是否有實際效果，伴侶這麼為咱著想，讓咱感動得都要哭了。

「可是……如果只顧著寫，說不定會錯過值得寫的事呢。」

「妳做事這麼容易膩，我還怕妳沒辦法天天寫咧。」

咱嘴癟成一線地瞪，伴侶以微笑從容承受。

「但是，只要有紙有墨，也有閱讀鏡，妳又會寫字，就可以安心了吧？會怕的時候，用這些東西把自己武裝起來就好了。用筆刮開心裡那些黑黑的東西，再用紙擦掉就好了。」

說不定伴侶也發現了咱心中那口黑暗的井。

「很久以前，有個修士這麼說過。」

比邂逅時稍微老了點的伴侶，以成熟過當時的表情說：

「給人魚吃，只能讓他少捱一天餓；教人捕魚，可以讓他永遠不必捱餓。」

真是不知死活，竟敢對賢狼說教啊。咱對這樣的伴侶表示敬意，露齒而笑。

「咱不只想吃魚，還想吃蜜漬桃呢。」

「我知道，所以每天才忙著工作啊。」

這一刻，咱按捺不住情緒撲了上去，額頭右上角撞到了伴侶的顴骨，發出好大一聲。伴侶雖然喊疼，但並不介意。

因為這段時間，咱的心一定比他更痛。

「大笨驢。」

從心靈深處擠出的話，就只有這麼多。

「大笨驢……」

咱再說一次，尾巴沙沙沙地搖。

伴侶的心意讓咱心裡滿是喜悅，差點就直說不需要昂貴的閱讀鏡，不過咱這次學乖了。只要有伴侶替咱挑的武器，就一定能戰勝井裡不斷湧出的黑暗念頭。

「是需要閱讀鏡沒錯，可是買小的就好了。」

「嗯……咦？要買就買大一點嘛？而且瑟莉姆也能用啊。」

若是以前的咱，在這時候聽見其他雌性的名字，早就氣得咬牙低吼了，但現在完全不同。伴侶被咱牢牢抱在懷裡，只注視咱一人。

「買來給她用就行了，咱不需要。」

伴侶表情有些遺憾，表示那一定是他發自內心的關切，希望咱能藉此欣賞更美的景色和各式各樣的東西。

然而，咱已經這樣過了好幾百年。

現在所見的世界，就是咱的世界。

「需要咱告訴汝為什麼嗎？」

抬起頭，伴侶的臉就在一旁。

「煩請賜教。」

咱堆起滿滿的笑容說：

「因為要是看得太清楚，說不定會發現咱其實沒那麼喜歡汝的長相嘛。現在失這種望可不好喔～」

伴侶的表情非常難看。

知道這樣就足夠了。

「再說咱就算沒有閱讀鏡，不還是在這個世界找到汝了嗎？」

伴侶睜大眼睛，露出投降的憤恨表情。

「妳的眼力再繼續好下去，我可能真的要頭痛了。」

心有不甘地說這種話，還真是個可愛的小鬼。

「那除了給瑟莉姆買閱讀鏡之外，說不定還會再買那種昂貴的眼鏡，妳可不要生氣喔？」

「這就得看用途了。」

「妳喔……」

伴侶傷腦筋的臉是那麼可愛，使咱臉上泛起大大的微笑。

「真是的……是為了工作啦。買眼鏡給瑟莉姆，她應該會更有學習欲，讀書能力也會變好。而且她很有毅力，遲早能像寇爾那樣替我記帳，或是替客人寫信，幫村裡的活動寫點東西什麼的。這樣我就輕鬆多了。」

「咱就不能幫汝嗎？」

咱一樣能讀能寫。

而咱當然也知道伴侶為何選擇將工作交給瑟莉姆。

但還是故意這麼問了。桌上紀錄的是肉眼看不見的承諾，應該不時回憶的東西。一旦迷了路，只要還看得見自己與伴侶的聯繫，就沒什麼好慌的了。

伴侶看著咱，疲倦了似的嘆息。

說不定他是真的很累。

因為——

「要是我閒下來，妳卻變忙，不就沒意義了嗎？」

因為伴侶深愛著咱，總是為咱卯足全力。

「呵呵。」

咱為自己倍受寵愛而笑，也為莫名的強烈安心而笑。

「呵呵、啊哈！哈哈哈哈……大笨驢，真是笨死了。」

「就是說啊。」

伴侶也一起笑，兩人歡笑一會兒後齊聲嘆氣。

真是種並非習慣亦非厭倦的奇妙距離。

「那麼，現在可以把剩下的做完了嗎？」

伴侶很刻意地作個結尾。

「嗯，趕快收拾掉唄。」

這樣的對話，過去也似乎重複了許多次。

可是，咱已經不會對難以區別每一次而惶恐害怕了。

「話說回來。」

「嗯？」

咱握起筆說：

「寇爾小鬼不是常說書要有書名嗎？汝要用自己的名字嗎？」

伴侶注視咱片刻，輕笑道：

「這間旅館叫什麼名字呀？」

「嗯？嗯，沒錯，那個名字最好。」

與伴侶共譜的紀錄。難忘的回憶。必須將它們全寫下來，擠滿每一個角落。

這一定會是一本幸福洋溢，既如春天亦如溫泉（Spring Log）的書。

任誰讀了都會苦笑，無奈聳肩的書。

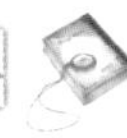

後記

好久不見，我是支倉凍砂。相隔八個月，終於生出《狼與辛香料》系列新書，抱歉讓各位久等了。由於這畢竟是一度完結的作品，個人是希望未來繼續保持這樣的速率出書，懇請各位耐心等候。

當這篇後記收錄於本書時，次文化咖啡廳&酒吧「NewType 新宿」與《狼與辛香料》的主題餐廳合作企畫已經結束了吧。說到這主題餐廳呢，大多是以作品角色為主題設計餐點，不過這次是盡可能重現小說中的菜色，十分用心。我還是第一次嘗到兔肉、羊奶乳酪和醃鯡魚的滋味呢。能夠實現純粹是我想像中的菜式，還做得這麼好吃，真是感動不已。由於溫泉旅館的緣故，店裡還設了足湯。我原本以為頂多是盆子裡放熱水，結果真的是實際觀光景點會有的足湯池，嚇了我一大跳。活動期間，店員還裝扮成赫蘿跟繆里，讓我這作者大飽眼福。感激不盡感激不盡。

據說在執筆這後記時，店裡生意也相當地好，作者也與有榮焉。

萬分感謝這段時間各位消費者的支持。

再來該說些什麼呢……真的沒什麼好寫的……我這陣子都只是把氧氣變成二氧化碳，看《動物朋友》喊「耶～！」而已。話說《動物朋友》真的不錯，想到還剩幾集就要結束就很難過。截至目前，朱鷺和博士那兩集讓我流下了男兒淚，不管重看幾次都覺得很棒。

想起來了。我最近搬到離都心稍微遠一點的地方，開始要搭電車了。原本都是玩手機遊戲，現在會在車上看書，讀書量因而增加。我現在已經沒有連看兩小時書的精神與體力，原本已經懶得看書了好久，結果現在這樣一次只看個幾十分鐘，反而可以持久。契機總是特別重要呢。

因為這個緣故，我現在經常會找熱門書來看。熱門書果然有意思，讓我看得冷汗直流。得更加油才行，不然就慘了。

新書大致看完之後，我打算接著挑戰只聽過書名的古典書籍，不過熱門新書真的很多，不知何年何月才能得償所望。

以上就是我最近的每日生活。

篇幅塞得差不多了，就到這裡結束吧。我們下集再見。

文倉凍砂

國家圖書館出版品預行編目(CIP)資料

狼與辛香料. XIX, Spring Log. II / 支倉凍砂作 ; 吳松諺譯. -- 初版. -- 臺北市 : 臺灣角川, 2018.07
面 ; 公分
譯自 : 狼と香辛料. 19, spring log. II
ISBN 978-957-564-288-4(平裝)

861.57 107007882

Kadokawa
Fantastic
Novels

狼與辛香料XIX
Spring Log II

（原著名：狼と香辛料XIX Spring Log II）

2018年8月16日 初版第1刷發行
2024年6月17日 初版第2刷發行

作　　者：支倉凍砂
插　　畫：文倉十
日版設計：渡辺宏一
譯　　者：吳松諺

發 行 人：台灣角川股份有限公司
總　　監：呂慧君
總 編 輯：蔡佩芬
主　　編：林秀儒
編　　輯：黎夢萍
設計指導：陳晞叡
美術設計：莊捷寧
印　　務：李明修（主任）、張加恩（主任）、張凱棋、潘尚琪

發 行 所：台灣角川股份有限公司
地　　址：104台北市中山區松江路223號3樓
電　　話：（02）2515-3000
傳　　真：（02）2515-0033
網　　址：www.kadokawa.com.tw
劃撥帳戶：台灣角川股份有限公司
劃撥帳號：19487412
法律顧問：有澤法律事務所
製　　版：巨茂科技印刷有限公司
ISBN：978-957-564-288-4